INK

文學叢書

165

哈德遜書稿

陸先恆◎著

獻給一位永遠年輕的社會學家　我們摯愛的先恆

目錄

輯一・沙龍社會學

輯二·哈德遜河畔

輯三·現觀邊緣

現觀邊緣——二○○三

現觀邊緣——二〇〇四

現觀邊緣——二〇〇五

附錄

自序

漂泊途中的一景

哈德遜是一條對我很陌生的河。爲了工作，全家四口，從寞地生（Madison）鷹嶺（Eagle Heights），搬到離河不遠的新澤西州博根郡。從一九九九年暑假到現在，幾乎每天都要跨過哈德遜河幾趟。但哈德遜河對我而言，只是漂泊途中的一景（起碼現在還是如此）①。以此爲名，只是順手取來的地理標示，用來和書名另一半的時間標示相對應。紀實而已。

這裡所收的文字，大部分在《明報》發表過。這些雜文，可以文字的長短，分爲三類：五百字、一千字與兩千字。

五百字一篇的從〈沙龍社會學〉到〈意猶未盡〉是二〇〇〇年春天，應馬家輝之邀，爲《明報》「非常沙龍」所寫。照馬家輝的說法，是在《明報》副刊改版，青黃不接之際，墊檔之用。由於篇數大致說定，首尾相應，自成一群。其實當時很想寫一本集子就叫《沙龍社會學》。但匆匆寫來（幾乎是一天一篇），又匆匆結束。雖有一吐爲快之樂，終究因爲沒有時間繼續，目前，這些五百字的篇章，還只是一堆信手寫來的社會學思考記錄，離成書成冊還差得太遠，聊以自娛罷了。

兩千字的篇數很少。原先也是馬家輝相邀，從二〇〇一年秋，一個月一篇，爲《明報》世紀副刊所寫。原先是説寫什麼都好。因緣際會，那時候正在重讀《論語》，讀得津津有味，一連寫了好幾篇讀《論語》的心得。在九七之後的香港，以大篇幅的副刊談《論語》，是有些不識實務。難怪，在登了〈後現代遊牧民族〉，〈孔子談快樂（一）〉與〈孔子談快樂（二）〉三篇之後就被腰斬了。馬家輝不好意思馬上對我明説，美國當時又看不到世紀副刊，所以我被蒙在鼓裡，一個勁地寫了大約半年。直到馬家輝過境紐約，跑來點醒我專欄早就不存在了，我才停筆。當時研究與教學的事情更忙了。雖然自己常自我要求，在寫文章時試著思考自己的問題，仍然覺得寫這些文章，對自己在哥倫比亞大學的專業生涯完全沒有幫助。所以，當馬家輝試探性地建議我將文章轉投另一個讀書心得式的專欄時（其實，我那時已寫出的那幾篇，説它們是讀書心得，一點也不爲過），我毫不考慮地回絕了。

事過境遷。二〇〇三年初，經醫師診斷，確認得到第四期的肺癌。同年五月初，馬家輝過四十歲生日[2]的時候，聞訊打來一通電話，問候之餘，又邀我每兩個星期寫一篇一千字的稿，給世紀副刊的「剎那懷想」。當時總覺得去日無多（這可能是人生必要的感覺，只是自己以往被無明所蒙蔽，沒有辦法看到此一事實），有機會一抒所思、所學、所感，又能略爲貼補因生病所導致的經濟壓力，便欣然答應，重操舊業。這一群一千字的文字最雜。我稱這個專欄「現觀邊緣」，是因爲生病後看了一本《現觀莊嚴論》。原書據説是注解《大般若經》的。像很多病後所讀的經書，也像這要完未完的生命，面對其中的智慧與啓示，是否能貫穿其莊嚴，不可而知，但這一切，肯定與我這有限的人當下擦身而過，所以姑且以「現觀邊緣」爲名。仍然是紀實而已。

〈《啓蒙辯證》摘要——兼談哈伯馬斯的誤解〉是唯一一篇與《明報》無關的文字。原先，這是陪林安梧旁聽哲學系博士班批判理論討論課的時候，寫下的心得。在孫善豪所編的同仁報——《爿報》——上發表過。一九九九年又應善豪兄之邀，將原文改寫，轉投到他爲《當代》所編寫的一個討論霍克海默的專號上。收在這裡有兩個原因，一來是發表的時間落在這個集子的時間範圍內，二來是一些在這篇文字所提出的要點，如「貞定的否定」，爲收在這本集子裡其他的文章所用。若這篇文字不附在這裡，讀者看到相關的文字，可能會丈二金剛摸不著頭腦。爲著第二個理由，本想將另幾篇談異鄉人的文字也收進來。但是，因爲寫作的年代與地理位置，與這集子所標示的不合；更要命的是那幾篇的電子檔已散失，所以沒有收進來。

這個集子首先要謝三個人。二〇〇三年耶誕節前後，孫善豪不遠千里到新澤西州來探看我病情。帶來他自己的近作，包括他的文集《微酊之間》。離美之前，善豪兄主動表示要幫我編這一本可有可無的集子。在美國當研究生的時代，善豪兄編的《爿報》，因發行量小，是我練筆的好園地——雖然自己在《爿報》所寫的，不過鳳毛麟角，但算是這集子所收的這類文字的開端。《爿報》上討論異鄉人與批判理論的文字，對後來的很多思考都很關鍵。出國前就常與善豪一同讀書，交換心得。我比較喜歡討論，比較不寫，善豪卻早已習慣寫作。記得有一回，他笑我是以嘴思考的人，說他自己是以筆思考的人。到哈德遜河畔討生活之後，完全沒有可以暢談生命學問的對象，只好也改行，以筆思考。小馬哥，馬家輝，更是一位從青少年時代，就以筆耕爲職志的奇葩。在寞地生念博士時，小馬哥仍是「我筆寫我口」，筆耕不斷。大概是看到我以嘴思考的壞毛病，誤認爲，有朝一日我也可以「我筆寫我口」。錯愛之下，開啓了我與《明報》的筆緣，逼出了收在這集子中大部分的文字。林安梧兄雖然不曾像善豪與小馬哥催稿催得那麼勤，但對我這一階段思考的成長而言，其功勞卻不在他兩人之下。安梧兄與我在寞地生邂逅時，已經是台灣當代新儒家的健將。因爲所學相差很大，與安梧兄談論學問，往往不知不覺地，讓自己走到一些意想不到的境地。例如，若不是與安梧兄論學，大概不會有機會，把當時所思考的異鄉人問題，批判理論，與儒家的原典解釋相連。若不是林安梧要我對他與傅佩榮，在向善與善向問題上的辯論，寫一篇評論[3]，我也不會去細讀牟宗三先生的《圓善論》。更不會因爲讀了《圓善論》，溯源而上，去細讀牟先生的《佛性與般若》，從而去讀佛經。雖然，與安梧兄相交，並沒有直接討論到太多《論語》[4]，但〈孔子談快樂〉那幾篇文章，若沒有與安梧兄論學的因緣，還不知何時才會成篇。

這集子當然也要感謝我的家人。每篇文字成篇之後，母親與美珍，往往成了免費的編輯與最佳的讀者。在流浪異鄉的日子裡，家人讓我不用擔心歸宿的問題。人生苦短，這種歸宿感（即使是夢），對有限的人而言，仍是最佳的慰藉之一。

注釋

①〈後現代遊牧民族〉一文的後段，對這種心境的描寫比較詳盡。

②我想小馬哥（和很多其他的朋友一樣）一定很失望，我仍然不記得他（們）的生日確實是那一天。我是那種，知道附近的朋友生日，一定大肆慶祝，但卻是從來不記朋友生日，也從不會千里祝壽的人。

③這篇評論文字寫了幾千字，但並沒有完成。幾次搬家後，原稿也散佚了。

④在當時，我只在口頭上約略質疑，為何牟先生談圓善，以及林傅兩人的辯論，都以《孟子》為起點。孔子說：「人之生也直」，重點似乎不在方向，也不在內外，只是如其所如地看待人性。我這一看法，還沒有機會撰文討論。

哈德遜河畔失去了一位沉思者

馬家輝

這個星期六的晚上，忙完了白天的學生迎新活動，他坐到電腦面前，很想敲打鍵盤，傳封簡短的電郵問問先恆：死亡是什麼樣的一種滋味？

這是他的習慣。每當遭遇一些重要的疑問，尤其有了一些足令他睡不著覺的煩惱，他首先想到的便是問問陸先恆，因爲他知道這位朋友一定會把他的問題認眞對待，而且，一定有辦法引領他從一個比較寬廣的視角去把自己的問題認眞對待。

剛開始時當然不是這樣的；他抱著一堆問號去找陸先恆，只是因爲嘴饞，很想吃到他家烤的烏魚子。

陸先恆攻讀博士班三年級時，一九九一年，他和妻子剛抵美國，認識了不少台灣留學生，課餘交誼，相濡以沫，彼此在異鄉雪地裡造就溫暖。而只要有先恆在場，「溫暖」二字必被加溫至「熱情」程度，先恆有個綽號叫做「大炮」，人如其名，聲如洪鐘，直言爽朗，總愛呼朋引伴在家裡吃飯聊天談學問，並且不肯輕易放人歸家，有酒有肉有話題，歡迎客人埋頭大嚼，留得愈久，談得愈多，先恆的臉上表情便愈顯快樂。

他是精明的香港人，明白這是一個好去處，於是很快便經常有事沒事都去敲門找陸先恆，藉故問東問西，其實是想吃東吃西，尤其喜歡先恆太太美珍所烤的從台灣帶來的烏魚子，慢火輕烤，切成薄片，加蔥，沾醬，放進嘴巴慢慢咀嚼，捨不得吞下，徘徊享受那陣曾經熟悉的故園甘香，再灌幾杯黃酒，肚皮裡的異國風寒俱被驅趕。

對此，陸先恆豈會不心知肚明，然而又豈會介意。先恆常說自己的交友信念是「君子可欺不可罔」，用心論交，吃虧又何妨，而他猜先恆亦必在心裡暗想，朋友來吃烏魚子，代價是要當話無止境的本人的忠實聽眾，到底誰占的便宜比較大，實在難說。若干年後在一封電郵信裡，先恆即曾寫道，「想起我們在夢到她湖畔煮酒論道的日子，往往一個話題你已受不了離席了，我還沒講過癮」，可見朋友的光臨就是先恆的娛樂，區區烏魚子，何足道哉。

夢到她湖，是Lake Mendota，在美國中西部，威斯康辛州大學麥迪遜分校位於其旁，陸先恆在此苦讀九年，取得博士，本想返回台灣執教，可惜屢找工作皆遇挫敗，反而哥倫比亞大學聘其爲助理教授，多間重量級學術機構亦撥款支持其研究計畫，塞翁失馬，緣福自來。然而可恨的是癌症竟也找上門來，從不抽菸的陸先恆兩年前突感肺部疼痛，檢驗證實是第四期癌症，醫生認爲化療無效，先恆轉求氣功治療，經過半年習練，初步控制住癌細胞，但一年之後不幸復發，歷經搏鬥，究亦敗陣，二〇〇五年七月廿日，陸教授病逝於美國新澤西州，終年四十有四。

四十四年的生命絕對不能算長，唯一可幸的是陸先恆沒有浪費半分半秒。先恆生命力之旺盛，在朋友之間是出了名的，每天大概只睡五小時吧，其餘時間都用來讀書、治學、論政、交友、陪伴家人。陸先恆的研究領域是社會學，但其學問之博之雜之深，顯非其他等閒留學生如吾輩所能冀及，先恆去年在香港《明報》寫過一篇文章，自述成長經驗，有此回憶：

年少時與友人相聚常免不臧否人物、論人是非。學生時代為改掉閒談間論人是非的惡習，常往來的友人，我會建議以讀書討論為樂。茶餘飯後，讓話題繞著書本，的確可以收到論理不論人的效果。不管作者是今人還是古人，只要選的書不差，總是會讓大家盡興而歸。宋儒朱熹所謂「問渠哪得清如許，為有源頭活水來」，的確不假。想來要除去這個毛病得下大決心，直接去面對自己論人是非的習氣。換言之，為自己立個戒去守它，守久了或許可以改進。

這正是他後來慢慢覺得跟陸先恆聊天比吃烏魚子更有趣味的理由，也令他逐漸培養出有疑問就跑去找陸先恆的習慣。正因喜把話題圍繞談書論學，朋友有苦相吐，先恆總能把朋友的苦惱焦點引導到更廣闊的理論宇宙，讓朋友恍然了悟，啊，原來類似苦惱早已有不少人從不同的角度去面對過、思考過、探索過，何不從中汲取開示與智慧，何苦沉溺於自嘆自艾？經此一談，頓覺苦惱被沖淡了，即使問題於一時之間尚難解決，苦味卻已不再像原先的濃了。曾有許多個暴雪橫飛的晚上，他在先恆家裡客廳吃過了消夜、吐完了苦水，因爲開始打呵欠或須替香港報刊趕寫專欄而戛然告退，先恆卻意猶未盡，堅持披上那件他猜至少穿了六年沒洗的厚絨雪衣，陪他走路回家，在路上，夜沉雪靜，他專注於聆聽兩人的微弱的踏雪步音，先恆倒不在乎他的心意，只管侃侃續道遠見宏論，彷彿聽眾絕非眼前人而是古往今來的跟自己有著同一學術志趣的所有智者。

然而先恆畢竟存活於現實世界，來自台灣，對福爾摩沙的沉淪色變自必忿忿，即如其文所道，「看到報上報導政壇上的跳梁小丑，張牙舞爪，也還會忍不住與人議論一番」。台灣之於陸先恆，是故園，但島嶼上的所謂「本土化」浪潮常令作爲所謂「外省子弟」的陸先恆感到陌生和被排拒，此或所以先恆於李登輝主政年間對德國社會學家齊穆爾的「異鄉人」概念備感興趣，意圖從中窺探族群關係如何演變出親疏差距。先恆還拉著他合譯了齊穆爾的文章投寄給台灣《當代》雜誌，他則把朱天心那勾勒外省子弟心情的小說《想我眷村的兄弟們》借給先恆，後來問先恆有何感想，經常微笑的先恆反問：「我哭了整個晚上，你相不相信？」

博士畢業後，陸先恆從美中遷往美東，家旁的水從夢到她湖變成哈德遜河，用他自己的話說就是「哈德遜是一條我很陌生的河，爲了工作，全家四口，從寞地生鷹嶺，搬到離河不遠的新澤西州博根郡。從一九九九年暑假到現在，幾乎每天都要跨過哈德遜河幾趟。但哈德遜河對我而言，只是漂泊途中的一景」。而在漂泊途中，陸先恆在《明報》世紀副刊上寫過一系列總題爲「非常沙龍」的專欄文字，談美說藝，論理析時，引起了不少香港學院派讀者的注意。

發病後的陸先恆於抗癌之餘，如常教學和研究，並且再提健筆，在世紀副刊上開設了「現觀邊緣」雙周專欄。這回，先恆除了如常談學論道，免不了觸及生死大事，以有限的時間嚴肅對待這無限的困惑。照例，先恆以古今典籍入經、以中外哲人爲緯，鋪陳思緒，努力替生死之問找尋答案座標，然而先恆終究提及從不在文章內討論的私人生活，諸如死後的經濟安排，又如家人的臨別交代。先恆曾在〈面對死亡〉文內細述處境：

結婚快二十年，向來是左手進右手出。物質條件的改善，只反映我每月所得的增加，以及隨所得增加而被容許的負擔增加，沒有積蓄需要煩惱。經濟的擔子，我走了，還是只能交給美珍。慚愧之餘，唯一可能做的，應該是與女兒們好好談一談，但不知從何說起。

小女兒還沒過六歲生日前，為我大致解決了她的部分。在我進出醫院幾次後，她來臥房畫了一張卡片，寫著：「爹地，我希望你能變好，但我什麼也不能做。我愛你。」

上高中的大女兒，每天被功課與課外活動壓得透不過氣來，不忍心再給她增加額外的負擔……，絕症在身，面對她，似乎像以往出門參加會議的心情一樣，等到不得已時，從女兒的日常活動中無聲無息地消失便成了。但去面對死亡，還是與去開會不一樣。走前是應與她好好談一談。不是為了顧慮她對失去父親有罪惡感，只是想應該與她好好話別，找機會重複一次幾年前說過的：「中國的父母不會像西方人那樣把『我愛你』掛在嘴邊，但我是愛你的。」

前些日子，終於很刻意地與她讀了些《論語》。雖然只讀了〈學而篇〉第一段的前兩句，但一想到或許她有一天真能體會孔子「學是學此樂，樂是樂此學」的邀約，就安慰些了。或許她也能在妹妹長大後教教妹妹這一段。

「現觀邊緣」專欄最後一篇文章刊發於六月十六日《明報》世紀副刊，標題是「平等與貧窮」，談的是人口理論與救弱扶貧，陸先恆主修人口社會學，惦記的是人間好秩序，念茲在茲，有始有終，自發如常。執筆寫完文章，五天後，陸先恆傳電郵給他說：

> I just want to let you know that my doctor told me that there is not much time left for me. His prediction is "a couple of weeks to a couple of months." I have not given up yet. However, I do want to prepare my discontinuation on the writing for Mingpao if his prediction is correct. I will talk to you to find out the best arrangement.

他回信，說別擔心，反正可寫就寫，寫不了就停。他又打了電話到美國，陸先恆接聽，第一句話是「差不多了，時間到了」；他的回應則是「兄弟，撐住呀，我在八月中飛來美國看你」。他還跟先恆談了，應該把文章結集成書。先恆於十六年前曾把碩士論文出版爲《世界體系與資本主義》，現在應是出第二本書的時候了。

七月廿二日晚上，他接到一通電話錄音，是美珍的留言，請他回電。心裡忐忑，他按電話鍵時手指頭微微發抖。

電話接通，美珍說「先恆前天過去了」，然後，是靜默。他深吸一口氣，用極緩慢極緩慢的語速請美珍把先恆的文稿整理好，燒成光碟，寄過來，讓他安排出版事宜。哈德遜河畔失去了一位思考者，但思考者留下了文字，華文讀者應該好好聆聽這樣深沉的思考聲音。

七月卅日，星期六，朋友們在在台北替陸先恆舉行追思會，他因爲需要留在香港出席學生迎新活動，去不了。但他當然知道這只是推搪藉口。他只是需要儲存足夠的冷靜去寫一篇文章悼念遠去的朋友，也需要挽住寧靜的心情去替朋友完成編書遺願。他從不善於處理哀傷。

這個星期六，唯一遺憾是，他想寫一封電郵給陸先恆，想問問有關死亡的體驗和心得，但忽然，眼淚掉下來了，因爲他不知道應該send去哪個e-mail。

眾生病病病可離，萬里神洲齊奮力！

——悼念 陸先恆先生

林安悟

一、逝矣歸也，桃源絕境！

先恆！先恆！竟爾逝矣！竟爾逝矣！
先恆！先恆！遠矣歸也！遠矣歸也！

爾竟像那武陵人，「緣溪行，忘路之遠近，忽逢桃花林，夾岸數百步，落英繽紛！」爾正詫異時，卻又前行，這樣走了數百步，「林盡水源，便得一山，山有小口，彷彿若有光」，爾也就率性的「便舍船，從口入」，就這樣您可進了「桃源絕境」。

我們呢！仍在紅塵，仍在糾纏，仍在亂世紛紛糾纏的紅塵裡。如今身之所處仍然是「處士橫議，諸侯放恣，邪說暴行有作」，「黃鐘毀棄，瓦釜雷鳴，讒人高張，賢士無名」。我知道：爾若在，定會與我並肩，與我同心，與我攜手，對著天地說「余豈好辯哉！余不得已也！」，歸返生命之源，「自反而縮，雖千萬人吾往矣！」然而！然而！我既已知矣！我既已知之矣！「指九天以爲正兮！孰察余之衷情！」「眾不可戶說兮！沾吾襟之浪浪！」而今，只能是默然！卻無法漠然！

驀然回首，那人可還在燈火闌珊處否？那人可還在燈火闌珊處否？回首驀然！

我眞不願相信先恆就已離我而去，就此進了桃源絕境！唸叨著！他何時歸來，何時出得了這桃花源？想著！望著！望著！想著！即若夢裡，叨唸著他出來時，可要「處處誌之」，我才能「尋向所志」，才能問津而往！

但！但！但！桃花源何在？武陵人何在？不知也！不知也！

先恆！先恆！爾何在？爾何往？仍在桃源絕境否？仍在桃源絕境否？

「歸去來兮！田園將蕪胡不歸，既自以心爲形役，奚惆悵而獨悲！悟已往之不諫，知來者之可追！……舟遙遙以輕颺，風飄飄而吹衣，問征夫以前路，恨晨光之熹微！」〈歸去來辭〉，記得！記得在麥迪遜（Madison）的鷹嶺（Eagle Heights），酒入愁腸，醉後最所常吟的句子。杯觥交錯，鏗鏘而作，或作擊筑狀，或作舞劍狀，而爾可是步履眞篤地演示了一套「太極拳」，我在旁和著躍著，評著品著！說這是「見龍在田」，這是「雲行雨施，品物流形」，這是「山下出泉」「源泉滾滾」！

二、鷹嶺多論議、酒後齊賦詩

一九九三年八月底我應傅爾布萊德基金會（Fulbright Foundation）之邀，到美國威斯康辛大學麥迪遜校區（Wisconsin University at Madison）訪問，開啓了我近一年的訪問學者生涯。這段期間交往至爲密切的有崇憲、同僚、家輝、士杰、先恆等人，而先恆更是密切。我們一起讀馬克斯・韋伯（Max Weber）的《中國的宗教》（*the Religion of China*），一起上威伯曼的批判理論（Critical Theory），也一起在林毓生先生家裡討論中國當代思想史的相關議題，尤其對於魯迅的理解，更是多所切磋，對林先生所提的「道德與思想意圖的謬誤」更是多所論談，還有一起讀費孝通的《鄉土中國》，我也在這段期間爲台灣及大陸的留學生做講座，尤其是固定每星期有個經典會讀，讀了《老子道德經》、《六祖壇經》、《陽明傳習錄》。

這段期間是我在寫完博士論文後進一步的發展，對於社會哲學與歷史哲學的向度，更深了一層認識，它似乎就滲到我生命中的每一寸肌膚裡，起著全盤而一貫的影響。林毓生先生是我常請教的前輩，而先恆是我最重要的談友，在他家的飯廳、在Borders Bookstore的咖啡座上，在我家的客廳裡，或者在夢到她湖（Lake Mendota）畔，或在學校的圖書館，或在校園的行道上，或在小鎮上的餐館裡，都有著我們的話語，都有著我們的談跡，沒有辯論，只有交談，就在交談中，彼此傾聽，就在傾聽中，眞理自然開顯。這段期間，我寫成了《儒學與中國傳統社會之哲學省察：以「血緣性縱貫軸」爲核心的展開》，落實了我有關《道的錯置：中國政治思想的根本困結》的深層研究。

先恆社會學的專業是量化的研究，但他對於質性研究特感興趣，他的學問胃口極佳，左右逢源、旁通統貫，更可貴的是，他因爲家學關係，對於中國古代典籍有著深厚的興味，而中國文化土壤既是他思考問題的重要對比資源，也是他涵養性情，養成人格的自然天地。就在這深植的土壤裡，只要雲行雨施，自會品物流形，記得在經典會讀時，先恆、崇憲、同僚、士杰與我，就在彼此的交談中，讓《六祖壇經》、《傳習錄》的智慧話語，隨口而出，自然天成。有一回，會講後，眾人縱酒歡敘，各拈一句，竟也成了一首七言詩，詩曰：

天地洪荒宇内歸，
北斗七星域外斜，
日月本無塵間意；
憑他醉了再一杯！

——癸酉之秋十一月廿五日，夜飲於美國麥迪遜，
與先恆、同僚、崇憲共賦此詩，頗覺有味，書之為誌念也

鷹嶺巍峨，縱酒亢歌，人生幾何，我等年少，今憶前輒，竟爾竟爾，先恆！先恆！
如斯奈何？如斯奈何？

三、病病眾生君爲病，眾生病病病可離

二〇〇三年清明前，聞悉先恆罹患肺腺癌，驚噩而不信，我以爲恐會是檢查有誤。既已知之，我卻還信著先恆健碩的身子，總以爲這是先恆爲眾生而病，好自調理，自可痊癒，無庸多慮！我只以爲現實的一些業力，就在先恆的願力慈悲下，沾惹了過來，分理分理，應可渡過。不意，這業力來得凶險，來得令人難以招架；但怎麼說，我以爲蒼天不會誤人，蒼天總要有個公平，總以爲「德福一致」是蒼天應許人們的。

先恆君，身材碩壯，聲如宏鐘，其人熱誠懇愨，有弘毅之志，有駿逸之氣，他做起事來，卻又綿綿若存、生生不已；我總覺得上蒼賦給了他神聖而理想的志業，他不會就此而終。病應只是個機，是一個轉機，我這樣思想著。

長相憶，莫別離，綿綿遠道志相依，華夏中土更為期，
眾生疾，君為醫，病病眾生君為病，眾生病病病可離。
長相憶，莫別離，禱爾神祇跪長揖，願我兄弟同奮力，
病可離，身可癒，何日歸來，志道相依，萬里神洲齊奮力，齊奮力！

——癸未之春聞陸先恆君肺癌，作為禱辭謹祝之，祈之，願其早日康復也。

安梧於清明后二日

先恆收到我的信函後，告訴我，他會努力的，我們都相信蒼天有眼。關山遙隔，音

問雖通，但總覺未能促膝，深以爲憾！但卻也暗自相信，先恆必會康復，康復必將歸來，歸來時，必可以「志道相依，萬里神洲齊奮力，齊奮力！」

二○○三年年底，先恆知道我參選了台灣師範大學校長，他爲我寫推薦函，並邀請了哥倫比亞大學的教授連署，這在在可以看到先恆的熱誠惇懇，這在在可以看到他那「大炮」的豪情風範。我當時心裡想著，果眞當了台灣師大校長，第一件事就是說服先恆回來共同奮鬥！台灣須要這樣的一位勇者，充滿了智慧與仁慈的勇者。

病中，先恆還應馬家輝兄之邀爲香港《明報》寫專欄，也應我之請，寫了有關「孔子談快樂」的文章，章法條理，分明透剔，不失原來本色。我心想著，功夫還在，氣力依然充足，這身子骨應也撐得過去。這篇文章登在《鵝湖》廿九卷十一期，二○○四年五月，總號三四七期。我唸叨著：等先恆痊癒，我可要他多寫些有關中國社會思想的論著。

誰知：我這些念想竟成了絕想，先恆的這篇論孔子的文章，也成了他論略中國文化的絕響。思之！不亦悲夫！

四、捻燈心、下油海！且把光熹，就此殘延

興許蒼天仍在，興許天長地久！正是兄弟情長，正是道志眞醇；冥冥中生命自有眞意相連，續之不已。正因如此續之不已，方成這「上下四方」之「宇」，方成這「古往來今」之「宙」。吾心即是宇宙，宇宙原不外吾心，一剎那入於永恆，一剎那貫通古今，一剎那又將生死幽明通貫一處。七月廿二日我去電先恆，是美珍接的，噩耗既知，一時間恍惚難信，我只相信先恆還在，先恆還在！

七月三十日，崇憲、士杰、同僚、樹仁等先恆的朋友爲他辦了一個隆重的告別式，地點在台北市中山北路，一談起先恆，大家想起的就是他的善良，他的熱忱，他的理想，他的堅持，他的宏願！我與若蕙、壄兒、耕兒全家都來了，望著崇憲、同僚，彼此泛著淚光！

先恆啊！先恆！爾竟作那武陵人「緣溪行，忘路之遠近，忽逢桃花林，夾岸數百步，落英繽紛！」爾正詫異時，卻又前行，這樣走了數百步，「林盡水源，便得一山，山有小口，彷彿若有光」，爾也就率性的「便舍船，從口入」，就這樣您可進了「桃源絕境」。但願您就在那桃園絕境，舞太極、讀四書、遍覽古往今來、歷觀天地陰陽，乘願再來，再來煮酒、再來吟詩，再來擊劍，再入凡塵，又做儒俠，人稱「大炮」。我們可仍要**「志道相依，萬里神洲齊奮力，齊奮力！」**

先恆歸矣！先恆歸矣！爰作一嵌名輓聯，聯曰：

先人後己中心此忠，

恆變通常如心成恕。

先恆是個利他主義者，事事先人後己，他守的是貞常之道，並以此應變萬化，他依據的是孔老夫子的教導，「夫子之道，忠恕而已矣！」，「忠」爲「盡己」，「恕」在「推己及人」。先恆啊！先恆！您可眞是個「忠恕君子」！

先恆或還記得在甲申年（二〇〇四年），我寄去的一首散詞，詞是這樣寫的：

憶昔年少，問酒邀愁！
起舞弄劍話千秋，怎知世態強作憂。
什麼舜堯周孔。竟敢誇勉！
到得中年，歷觀世變，欲開笑顏，臉皺卻嫌。
亂緒紛紛。豈可綿綿！
捻燈心、下油海！且把光熹，就此殘延。

——安梧：甲申之秋十月三十日隨占記感

世事憂煎，兩岸紛擾，但我已知之，並從而志之，我篤切勉力要自己「捻燈心、下油海」，「且把光熹，就此殘延」，我知道在亂世「殘延」是須要的，就此殘延，也就盡了天命。先恆啊！先恆！我們且在天上人間齊奮力！齊奮力！

——安梧敬悼於台北元亨居，丙戌（二〇〇六年）端午後五日，六四後一日

（本文作者為國立台灣師範大學國文系暨研究所專任教授）

瑣憶先恆

孫善豪

一、

我嘗對先恆戲稱：「你是用嘴巴思考的，而我，則是用筆尖」（當年，一九八六年左右吧？還沒有普及的個人電腦，否則，不應該說筆尖，而應該說鍵盤）。

這個區分，似乎，對於先恆的「自我認識」起了一定的作用。因爲，當他有機會在陌地生（Madison）與一群社會系學生展開知性交流、以及有機會在香港《明報》開闢專欄的時候，他把自己定位在「沙龍」裡：一個自由聊天、無所拘束地各抒己見、乃至彼此詰問、彼此取笑、彼此修正……的空間。

這個空間裡，居統治地位的，是語言，或者更精確地說：是言談、是「嘴巴」。用筆尖思考，或許結論早在胸中，只不過一步步倒退，直到接榫到最明顯的經驗，然後再從這個經驗出發，一路飆到那個結論。

但是用嘴巴思考則不同：出發點，是經驗的豐富性。從這裡出發，究竟能導致怎樣的結論，是完全開放或未知的。因此，每一步推論、每一個綜合，都必須小心翼翼：有幾分證據，才說幾分話。其間，容不下任何「理所當然」、容不下任何「想當然爾」。任何的跳躍，都是不允許的。所有的推論，都必須依據經驗的連貫。

在這個意義上，先恆的「用嘴巴思考」，毋寧是「批判的」。

二、

除了是批判的，先恆的思想還是綿密而又耐心的。

我自己，在很久之後才學會在字裡行間耐心地挑剔細微的差異。但是，這種「耐心挑剔」，卻似乎是先恆天生的本領。

猶記得：有一次我與先恆聽貝多芬《命運交響曲》的兩個不同版本。我根本無從分辨兩者的差異。但是先恆非常耐心地一再重複聽，然後說：「你聽！這裡的這個音比較長！那裡的這個音比較弱。」

那大概是我們研究所畢業的當年？先恆利用當兵前的空檔，還和我每週六上午，他打完太極拳後，來我家一起讀馬克思的《巴黎手稿》德文版。我們的德文其實都很糟。但是，我始終記不得entwickeln，而先恆卻總是不厭其煩地提醒我這個字是甚麼意思。

三、

這種綿密的、不容許絲毫跳躍的、小心翼翼的、耐心的……（還可以加上實事求是的、謹慎的、允許修正的……等等形容詞）思考方式，或許可以被歸類爲某種「韋伯式的」或「法國年鑑學派式的」思考方式。而這種思考方式，或許又正是最符合先恆口味的。

在本書裡，讀者或許最需要體會的，或許就是先恆這種思考方式了。他似乎是和你在對談：談一些你最切身的、最熟悉的、最視爲理所當然的事情。但是，原本毫無可疑問題的東西，經過他層層細心的剖析，卻都在在需要你自己給出一個不一樣的解答、給出另一個理由。

這或許就是先恆的魅力所在？——他總是讓你認識一個不一樣的自己。

四、

先恆在陌地生這個統計社會學的大本營裡取得了博士。但是，他並不是一開始就以人口學或計量統計爲職志的。

我之認識先恆，是透過他的辭修高中的同學、我的大學同學于九如。他們有共同的興趣：歷史，尤其是中國近代史。這種對近代史的興趣，一旦接觸到社會科學（尤其是社會學），很容易就轉變成對於「社會史」的關注。但是，先恆的「壞習慣」是：一旦要學，就一定要學最好的。所以他捨棄了芝加哥大學而去了陌地生。但是，對於社會史的興趣，卻並未因此而損減。我一九九二年去陌地生、二○○五去紐澤西的「天內飛來」（Tenafly）拜訪先恆時，他都對我重複了一個研究方向：中國歷史上的人口變遷（尤其是從宋代到清代），究竟引發了何種有意義的結論？

作爲一位「量化的」社會學者（先恆正是因爲「量化」的能力才得以進入哥倫比亞

大學），先恆絕不「止於」量化。他有他的關心、他的思考。他的思考，或許正在數字之間。或者反過來說：他的數字之間，正容得下許多的思考。

五、

一九八七年，值張君勱先生百年冥誕，中國民主社會黨辦了一場學術研討會。與會者，皆一時碩彥，包括林毓生先生。先恆也參加了那場研討會，並向林毓生先生提了一些問題，會後，他還與林先生討論了好一會兒。不過，當先恆一九九八去陌地生時，林毓生先生卻已不記得他了。他們的關係，可能是因爲林安梧兄一九九四年訪問陌地生，與先恆一道訪問林毓生先生後才開始的。據說，先恆因爲幫林毓生先生解決了很多電腦的困難，所以兩人才熟起來的。

我在一九八七年那個學術討論會後，曾有幸與張敦華女士和林毓生先生同桌吃飯。但是，林先生顯然不記得我了，以致二〇〇四年中研院社科所的研討會上，我向林先生自我介紹說：「我曾與您同桌吃飯」時，一點都不引起他的回憶；但是當我說「我是陸先恆的朋友」時，林先生卻就亮起了雙眼，非常興奮地對我說：「喔！陸先恆啊！他眞是我認識的年輕一輩的華人學者的佼佼者！無論就思想的細密或是廣度，陸先恆無疑都是最優秀的！」

六、

得到學術前輩如此青睞的絕佳青年學者，在台謀職，卻並不順利。

陌地生拿到博士學位後，先恆曾試圖申請台灣各大學與研究機構的職位，卻都未見錄用。二〇〇〇年，母校中興大學（現台北大學）社會系終於同意錄用，但同時，先恆卻也取得紐約哥倫比亞大學的職位。兩相比較，哥大當然是唯一選擇。

孰料：哥大的研究環境，儘管表面再好，卻隱藏了使先恆鬱鬱不得志的負面因素。或許正是因爲哥大那些令人難以忍受的人際關係，使先恆罹患了肺癌？

七、

所謂「人之將死，其言也善」。先恆自知道自己得了肺癌，到最後終不免一死，其間，撐過了不可思議的三年。

這三年間，他努力活著，也努力思考著。

他面對了他自己、他的父母、他的兄長、他的妻子、他的一雙女兒。

他面對了（他所向來服膺的）儒家思想、佛家思想以及（他的妻舅們的）基督教思想。

他曾想要拆掉舊房子、重新蓋一間新房子——這個新房子的夢想，或許是他最後幾年生命的維繫。

他也曾想要寫一篇關於中國從宋代至清代的人口變遷與社會變遷關係的論文。

八、

所有所想的，或許並不都能實現。

但是，所有實現在這本文集裡的，卻都是先恆所想的。

當我們哪一天想起「思想與計量不悖」、「理論與歷史一體」、「應然與實然統一」……，讓我們懷著無限的追思，當然地想起一個永恆的名字：陸先恆。

（本文作者為國立政治大學政治系教授）

輯一

沙龍社會學

沒有美的感覺是失落，有了感覺美才活過來。

我不是來談風花雪月的，

而是要來發一段綜合美、藝術

與社會（學不學沒關係）的謬論。

美與感覺是這一謬論的關鍵。

美是有自然源頭的。

不只自然之美如此……

沙龍社會學

M：

感謝您邀我到「非常沙龍」作客。您可知道，我學了這麼些年的社會學，到沙龍作客暢談，是年少時的夢想。想不到這夢想竟能成眞。

大學剛進社會系，百分之九十九的人不知社會學是什麼。一群好奇心重的同學，到處去找有社會學博士學位的教授開的課去聽，想投機地由過來人那裡「聽」到解答。沒想到一聽二十年，自己也拿了個社會學的博士學位，仍然有點怕人問：「社會學是什麼？」在千萬種答案中，有一位大學時代社會學教授的答案在我心中縈繞至今，他說：「社會學不屬於學院，社會學是歐州知識分子在沙龍議論出來的。」這個註腳可能會在嚴格的學術過程檢視下破產。但是，對我而言，這個浪漫的註腳印記在我心頭的不是「眞不眞實」的問題；我只想知道：何時才能體驗在沙龍議論的滋味？那是不是像我第一次聽到的時候所感覺的那麼「美」？

「美」是很關鍵的。沙龍本就源自法王路易十四在一六六七年提供給皇家繪畫與雕塑學院成員展覽作品的地方。可見沙龍原是藝術與美的展覽所。M，我明天再與您談我對「美感」、「藝術」與「社會學」的想法。前天，我還與一位仍然對社會學抱有浪漫心情的助理面地主張，面對數字證據是一種好的社會學。但事後，那源自沙龍社會學的浪漫印記，仍毫不留情的反噬著自己。被您邀來「非常沙龍」作客，讓我燃起再度打開那屬於社會學的潘朵拉盒子的希望，但這一次，我要找的，是我上回忘在盒中，能帶來美感經驗的沙龍社會學。

美的社會性

M：

沒有美的感覺是失落，有了感覺美才活過來。M，我不是來談風花雪月的，昨天我答應您要來一段綜合美、藝術與社會（學不學沒關係）的謬論。美與感覺是這一謬論的關鍵。

美是有自然源頭的。不只自然之美如此，藝術家創造藝術作品，除了訓練之外，天賦的創造能力是重要的關鍵。石頭訓練一萬年，也創造不出一幅畫來。然而，空有自然源頭是不夠的，美若與我們人類相干，美在人與人之間就必定是可理解可溝通的。但想一想，藝術創造的「美」眞的可溝通嗎？

推陳出新的作品，不一定是好的藝術品；但是，有資格稱爲好的藝術品，一定有「新」

創造出來的東西。既然是「新」的東西，爲什麼人們會覺得美？人們又如何分好壞呢？不需要是專家，很多人會大聲的說藝術創造是可分好壞的。西方的哲人康德更相信「只有當我們在社會中，才會對美發生興趣」。因爲，創造的能力與認識與溝通美感的可能性不可分，人的社會性自然便與美感活動不可分割。

如果我們反過來看就更美了。社會像藝術創造。未來的社會可被欣賞，但卻不可完全被預知。然而，在所有刻意著墨之餘，未來的好壞不是由參與創造的人說了就算。社會學或許可以權充藝評家，在沙龍的一角比手畫腳促進美感溝通。不爲別的，只想激發潛能，讓感覺與創造相得益彰，讓未來有更好的作品可欣賞。

以古為「鏡」，許個未來

M：想起我們在夢到她湖畔煮酒論道的日子，往往一個話題您已受不了離席了，我還沒講過癮。昨天我提到美的社會性，這是哲學家的問題，我們可以暫時不管。我們也提到了沙龍社會學要面對社會的未來，充當藝評家，那「過去」呢？

「未來」都還沒到，我們能評論的當然是過去。但是過去並不是個毫無彈性的事實。

中國人常說要以古爲「鏡」。依傳統的說法，以古爲鏡，往往是要我們由過去的歷史找到一些可遵循的教訓。這說法原也不錯，歷史的教訓本也是對創造未來有用的知識。但是，這種說法對「鏡」字的隱喻說得不夠傳神。

鏡子是一個反射，反射出來的是照鏡子的對象。人若以古爲「鏡」，反照出來的當然與照鏡子的人有關。同樣一面鏡子您照，我照，不一樣就是不一樣。即使鏡子不變，人變了。評論過去更是這樣。更有趣的是，人們還會在鏡子前面化妝。

化妝比整容好做些。但現代科技發達，整容越來越普遍。

鏡子的隱喻很重要的一點是它「照」的功能。竄改歷史與整容的人都是無法面對鏡中的自我。但是，將評論過去比喻成以古爲鏡也有限制。它忽略了評論過去是帶著現在的眼光許給我們一個未來。未來不應只是「整容」「化妝」而已，更有待新的創造去實現。

未來無我

M：

與您在「非常沙龍」筆談了這許多天，都忘了向L和您的寶貝女兒W問候了。您與L都忙，該不會把您的寶貝W丟給保姆，每天只欣賞她的甜美睡姿吧。想到您與L在W剛出生的時候合寫的一系列文章，新爲人父新爲人母的滋味躍然紙上。相信所有看過那些文章的人都會好奇：現在的W怎樣了？

法國史家阿瑞斯指出，在西方，兒童世界的存在，是現代誕生前夕才被正視的。或許我們可以說，小孩在中國文化價值中所受的禮遇，是世界少見的。「如保赤子」很早就被擴張爲對執政者的人文勸說。此外，孔子說：「人之生也直」，若將「直」與「質」視爲同義強加演申，「文質彬彬然後君子」未嘗不是「如保赤子」理想應用在個人修養上的具體作法。道家更露骨的說：「含德之厚比於赤子」。簡直把小孩當成人的模範了。爲人父母的我們，在教養小孩的時候，可以多想想，如何能讓「赤子」之心不被教養所泯滅，又如何在與子女的互動中檢視自我。

在小孩身上面對自我是很弔詭的。面對自己小孩的成長，我們一方面看到自己的繁衍，一方面也看到自己的消失。父母是小孩生長的必要條件，然而父母卻不是小孩成長的充分條件。小孩的未來雖可能有我們生命的影子。但這種影子其實頂多類似現代立體繪圖的透視點。當我們無助地面對自我生命的有限時，小孩的生命讓我們對無限的未來找到一個方便之門。可是M，看仔細點，從這有我的方便門中看到的卻是一個無我的未來。多看顧看顧W，別落到有我無我的兩邊之見去。

進步與日新

M：

中國人看社會往往由最親近的人往外看。與您談著沙龍社會學的「未來」觀，就談到子女去了。其實，我認爲，中國人傳統習慣的角度看，未來可以發掘不少社會學洞見。這些洞見在學院式的社會學討論頗被忽略。例如，「日新」就可以用來對西方社會思想中的「進步」觀念對比。

「進步」，在近代西方是很重要的夢想。在天主教式微之後，「科學」與「進步」在西方文化中頗有取而代之的態勢。社會學也不能免俗。孔德創社會學的時候，就曾大力主張，人類整體的心靈是會在社會學的引領下向前發展的。往後社會學發展的歷程中，以各種方式主張社會進步說的社會思想，更是前仆後繼。例如，中國大陸廣大群衆耳熟能詳的馬克思便是個中翹楚。

近年英語世界對馬克思的研究，認爲馬克思的歷史理論是以進步爲前提的。若人類的歷史發展果眞可以如此論定，未嘗不是美事。不幸的是，即使對馬克思而言，進步並不是可以被完整檢證的。反之，若「進步」的主張有問題，馬克思的歷史理論也會隨之出現不可彌補的裂隙。

當東歐社會主義國家社會制度向西方靠攏，馬克思的歷史理論本來也就漸漸淡出社會思潮的主流論辯。但是當西方對勝利沾沾自喜之際，「社會主義垮台＝進步」，仍是西方國家對「勝利」作庸俗解說時的主要公式之一。由此可見，「進步」在西方近代文明中，左右逢源之一斑。

「進步」與「日新」有相同之處也有相異之處。相異之處容易被忽略，但是卻是精采所在。

日新與進步都隱含著改變。進步所指涉的改變是由舊的、不好的變到新的、更好的。進步主義的好壞隱含某種比較的基礎與明確的價値。日新所指涉的改變是由舊到新。這種改變可以用進步與否來衡量，也可以不用。因爲日新就是創作。工具的創作可能可以根據達成使用目的有效性去論進步，但是，藝術創作若也用「進步」與否去衡量，就有點格格不入了。

進步既然有方向性，是「只有奮力向前」的走向遠方。不只如此，進步的社會觀還相信現在比以前更「接近理想」。極端的進步主義不達理想永不罷休，有「不到衡山不是山」的味道。「日新」就沒有這麼極端。「苟日新日日新又日新」的「苟」就是「誠」。誠心改變求新，時時刻刻都是可喜可賀之事。所以，日新意義下的改變是「一路看山到衡山」的欣賞。

以藝術創作來理解日新很傳神。我們看到「好」的作品，並不必然意味放諸四海皆準的，可度量化的增值，而是面對作品的美感與驚豔。M，我前幾天說過，社會的未來可以像藝術創造。以日新看待社會變遷，就像欣賞社會創作的藝品，驚豔之餘不會變成只有一把尺的「單面向人」，也不會促使社會變成追逐單向價值的夸父。

時間的交響樂

M：

我倆三十歲都在異鄉的寞地生鷹嶺度過，現在坐三望四之際卻相去千里。時間是很冷酷的。六〇年代的美國歌手高唱：不要相信超過三十歲的人。現在連他們的歌曲都不只三十歲了。當初唱這歌的年輕人還相信這歌嗎？還相信自己嗎？

時間最常見的伎倆就是讓昨日的自己與今日的自己討債，卻又冷酷地讓今日的自己向明日的自己豪賭。這種小輪迴常在每個人的生命盡頭才會罷休。早年我寫《世界體系與資本主義》一書時相信布賀岱的主張，認爲新聞與政治事件是泡沫，研究社會應在長期與中長期的時間範疇著力。沒想到爲了找尋沙龍社會學的經驗，跑來與新聞和政治事件的報導爲鄰。

其實新聞與政治事件不全是泡沫，關鍵是對時間的敏感度。新聞報導有義務告訴社會大衆：汪道涵對兩國論說了什麼，呂秀蓮對陳水扁抱怨了什麼，董建華對柯林頓強調了什麼……這些雖然是當下的事件，但我們若在看這些事件的時候，把時間拉長一點看，所見到的會很不一樣。例如，時間拉長爲數十年，汪道涵、呂秀蓮、陳水扁、董建華與柯林頓雖躋身在台、港、中、美各地的政治起伏與互動趨勢之中，但不一定處處都面目清晰。若再以更長的時間範疇去看，這些風雲人物更是隱身在社會結構與結構的變遷之後。但是，就像布賀岱，在結構史學的時間觀下，不厭其煩的，細訴市場角落的販夫走卒時所作示範的一樣，我們在這些風雲人物身上，能看到的，不只是新聞的泡沫，也是各種時間面向的交響樂。

空間的相對論

M：

空間的問題，在人與人的互動條件中不容忽視。像我們結識是由於同在鷹嶺，現在只能書信往返，也是空間在作祟。

空間距離，有時其實是時間成本的問題。如果現在我到你家與當初我們是鄰居的時候所花的時間成本一樣，把酒論道的機會應會大幅增加。像這樣勞師動衆的書信往返，似乎也可以省了。但即使是現代科技，地球上任意兩點間的時間，成本仍不可能都像横過草坪敲鄰居的門這麼低，換言之，即使是現代社會，「近水樓台先得月」就仍是人間常見的景象。

當時間成本問題不能克服之前，空間與時間的互動會讓問題更複雜。經濟學家指出，當土地資源有限，先到的人占有土地資源，後來的人只好向先前占有土地的人付地租。如此，再加上繼承制，社會剝削的原型就產生了。當自然的空間隔閡阻絕了不同地區人類社會的互動，經年累月，不同的文明在阻絕少、互動多的區域內孕育。換言之，空間的隔絕也導致了社會實體間的隔閡。

這種隔閡一旦產生，科學技術上降低空間互動成本並不必然足以掃除它。台海兩岸三通尚無大成就便是很好的例子。雖然我們可以斷定，這種隔閡一定有空間與時間互動的成份；但每個人也都知道，除了科技之外，掃除時空隔閡的作品得如何下筆才是傑作，可是天才的事業。

城邦到國族

M：

對一個從未去過香港的台客而言，您的家鄉香港一直是個買便宜又好的洋貨的好地方。小時候家中第一台日製的相機便是母親託人由香港帶回台灣的。香港目前在全中國仍是得天獨厚，依您看，在經濟上比殖民時期是更好、差不多，還是變差了呢？

你現在人在香港，回答這種好壞的問題太籠統，也容意惹當政者的白眼。但是若我們把時間拉長些，空間放廣些，您對香港的評論，可能就容易開口些了。

我常自我安慰，具體的政治實體，在人類短短的歷史上，沒有不經歷成住壞空的歷程。顯赫一時的國家，西方的希臘羅馬，中國的漢唐，都不能倖免。當具體的政權由盛而衰而亡，最後我們要問的，不是政治不亡術，而是歷史存在學：在歷史上香港會留下什麼？

在衆多可能的答案裡，我會傾向把香港類比爲準城邦，像西方資本主義誕生早期的威尼斯、熱那亞，甚至更近的荷蘭。在西方市場經濟還沒有足夠動能之前，這些城邦得天獨厚，能聚集商業的能量，使早期脆弱的區域經濟，得以在一群城邦有限的活動網中逐漸茁壯。這些城邦之所以有機會發揮如此的功能，城邦的市民比非市民享有政治與經濟的特權，是重要的條件。香港因緣際會，這些條件似乎具備不少。

如果城邦附近廣大地區的經濟能量，最終能有效地動員起來，一如西方的國族一樣，進而取代由點到線的城邦網絡，以國族內部的政治經濟網絡爲依憑，此時，政治特權保護的市民權不再重要，城邦的歷史任務於是完成。M，香港能勝任這個角色嗎？台灣與新加坡呢？

文字與方言

M：

看到海外版的中文報紙，每次翻到香港版，就想到您當初借我那些沒有普通話字幕的港片。沒有那些看片子強迫學習的經驗，大概我能看懂的香港版新聞會更少。

白話文以北京話爲主，是因爲中國政治活動的中心，有將近五個世紀都是使用北京話。在中國建立現代國家之後，政治權力所及的地區，就像世界上所有現代國家一樣，推行「國語」，也就是北京話。以前在中國，如果你不當官，不跑老遠作生意，只需要講家鄉話。現代國家的規模逐漸建立之後，只要上學，就要講「國語」。

文字工作者，自古在中國就是要進行跨地區跨時代的溝通，書寫文字向來有統一的傾向。但這無害於區域性的口語發展。用廣東、客家、閩南語的人彼此不能用口語對談，但是卻可以用同樣的書寫文字筆談。更值得一提的是，傳統字典——如《康熙字典》——所用的以「切」法求讀音顯示，無法對談的口語卻可應用相同的切法去找出字與字間發音的關係。換言之，不可作口語對談的方言之間，在發音與漢字的關係上竟有高度相似的體系，只有靠小學家才能對這套體系解碼。

把漢字當拼音文字來傳達廣東口語的方式，眞是令人嘆爲觀止。以方言滋潤主流漢語書寫的現象，在其他的方言也有，例如台灣的鄉土文學運動，就特別提倡這種作法。中國內陸也有類似的運動。但沒有一個地區像香港在日常的報章上滋潤得這麼徹底的。這也算是港式自由的一個奇景。

文字與方言口語的關係形態與日常生活及政治權力結構密切相關。現代國家的文字與方言口語的關係除了前面所提到的，以方言滋潤主流的文字書寫之外，主要起碼有三種：口說語言在使用同樣的書寫系統的人口中統一，像英文；口語統一但文字書寫不統一，聽說南斯拉夫、波士尼亞與賽爾維亞是如此；以及，書寫語言統一但日常生活的口語不統一，中國是典型。這裡所說的不統一不只是有差異，而是到未經學習無法溝通的地步。

口語是人類日常生活所必需，文字卻未必。所以有些原住民部落可能只有口語沒有書寫系統。日常生活所用的口語變化快，幾乎沒有任何的書寫系統，能在第一時間，掌握所有新的流行口語。文字書寫系統，是對維持複雜的社會組織所常見，或可說是不可缺的工具。文字的使用可以使知識傳遞跨越時空，也可讓政令更精確地傳達。換言之，統一的文字書寫系統，是統一的政治體制維繫所必需。秦始皇「書同文」的措施便是一個好例子。此外，具有複雜組織系統的宗教，也需要特定的書寫系統去維繫。當政治體制崩解，或宗教與原先的政治支持體系分家之後，也會發生只有文字書寫的典籍，但已經沒有任何未受經典教育的人日常使用這些口語。拉丁文、古希臘文、梵文據說都是這樣。古希伯來文本來也有同樣的命運，但是以色列建國之後，聰明的猶太人，已經將希伯來文的口說系統，在日常生活中復原到相當驚人的程度。

口語與文字統一是拼音文字最常見的。即使是像中文這樣的非拼音文字，方言進入書寫系統最容易出現的也多是擬聲字。港式書寫對不講廣東話的中文讀者困難多的原因，正是因爲大部分這類書寫所用的詞無法由字義去猜，只能翻譯回口語去，看自己懂不懂這句廣東話。

以音入字，本是拼音文字所長，地方性的口語在拼音世界自然容易進入書寫系統。但正是因爲容易進入書寫系統，口語和文字書寫之間所可能有的發揮空間就非常有限。換言之，在拼音文字的世界，文字與口語甚少脫節。

文字與口語脫節常反映日常生活與政治結構之間的微妙關係。

如果口語是日常生活所必需，文字是政治組織所必需，中文世界口語不通，文字全通，反映的事實是在長期的漢語發展中，漢語區的人，日常生活區隔成無數的小圈，每一個圈內往來多，圈與圈之間往來少，但政治組織，與跨時空的文化創作，卻常屬於一個統一的系統。

日常生活的區隔，與口語的區隔，互爲因果。自然的區隔常是口語差異的重要原因，但不是唯一的原因。口語差異與日常生活區隔同時作用之下，的確爲漢民族建立現代國家的過程帶來額外的阻力。這種阻力直到現在都未完全消失。但若反過來思考，當所有現代國家要求政治及語言高度統一的時候，口語區隔無害於文字統一，仍是可貴的歷史遺產。這遺產，在中國人心不甘情不願地建立統一的現代國家時，仍讓中國人的國家，保有比其他現代國家更多區域生活自主的空間。畢竟，現代國家是後於生活世界而硬加上去的。

文字與口語脫節在中國是常態，本沒甚麼大驚小怪的。但是，文字與口語統一是現代國家必要之惡。若文字與語言不同，很難能建立統一的現代國家。如果不出於各語言族群自願，以暴力硬湊成一國，不同語言族群之間的衝突很容易發生。反之，如果本是類似的口語系統，但用不同的文字符號，衝突同樣不容易避免。

如果口語相通，書寫系統不一，反映的是：日常生活已如膠似漆，但人爲的政治或宗教因素，強行將生活在一起的人們切分成不同的群體。這種人文切割不只帶來生活的不便，更是潛在性政治災難的來源。巴爾幹半島火藥庫在近代史上戰禍不斷，生靈塗炭，相當程度便是這種人文切割在語言世界、日常生活，以及政治生活上反映的效果。

可慶幸的是台語或其他的方言運動者，到目前爲止，尚未被主張改用拼音文字的勢力主導。若改用拼音文字，不同口語族群日常生活的自主性，不再受到分享共同文字系統的緩衝，分裂與衝突比現在更容易產生。更有甚者，我們會有用拼音文字的台灣人，和用簡體字的閩南人。這種區分，一定比用簡體字的閩南人和用繁體字的台灣與香港人要高。簡體與繁體都分享相同的繁體典籍，彼此在文化上溝通還算容易。若使用拼音文字，只要一兩代，看漢字古書難保不會變成像看希臘文、希伯來文那麼難。衝突起來，難保不會比波士尼亞與賽爾維亞人更慘烈。看來，以漢字當拼音文字用，以方言滋潤漢語文字書寫，對要生活在同一現代國家之中的各漢語族群而言，總比用羅馬拼音取代漢字好。

現代國家與未來國家

M：

今晚與一群流落美國的華人唱了一晚的合唱，曲目有拉丁文、英文、中文古詩詞、中國各地的民謠與原住民歌曲。唱著這麼多樣語言的歌曲，一邊享受音樂與語言綜合之美，另一邊我不禁自問：現代國家，無論在東方還是西方，傾向強將雜多的語言族群融而為一，使用統一的語言文字，未來世界的國家呢？

現代國家幾乎與資本主義世界體系同步成長，除了語言統一之外，常備的國家武力、專業的政府組織、固定的稅收，都是要件。您主修政治社會學，其他的條件應比我還清楚，我就不獻醜了。

現代國家要統一武力、政府、稅收與日常生活的影響不如現代國家在語言統一上影響大。語言統一當然有令人方便的一面：由美國中西部搬到大紐約區，日常生活語言不通的狀況比以前嚴重，不是因為東岸的人講的英語與中西部不同，而是各種族裔的人，在大紐約地區多得驚人。若不是英文幫忙，很難想像我可以與斯拉夫裔、日裔、韓裔、西班牙裔以及各色各樣的族裔在日常生活中互動。

既然稱為「現代」國家，以前的世界不全是這樣。現代國家不能容許有太多樣的官方語言，爲我們日常生活帶來方便，但卻讓人懷念中國以往在口語上所容許的自由空間。當我們發現「過去」的自由被「現代」所剝奪之後，我們自然會期待，當科技更爲進步，不同語言日常溝通不再需要太高的成本，「未來」新型的國家或能容許更多樣的語言共存於一國。但科技進步眞能讓失落的「過去」再在「未來」重現嗎？

全球化與普遍性原則

M：

現代國家若是與資本主義世界體系共生，未來的國家又是生存在怎樣的世界呢？近年，對未來世界趨勢的討論常提到「全球化」。

我喜歡英國老牌社會學家鮑曼的論調：全球化主要是指「全球的效果」。這種效果主要不是刻意規畫的，不是有人發起，或依計畫執行的。但這種效果卻發生在我們所有人身上。我認爲鮑曼講的「所有人」太嚴苛了，但起碼我們可以確定這是指跨越國家政治藩籬的效果。當然，這樣鬆垮垮的說法，可經不起邏輯上較完整的世界體系理論，以世界爲一體系，或馬克斯先生以全人類爲一類屬的理論性挑戰。但鮑曼的說法對日常生活中的人，比較能生共鳴。

經濟上，跨國界的影響最大，最直接。美國股票感冒，全世界股票傷風。生活領域的其他面向，跨國的影響也日漸增多，例如：台灣大地震，全球電腦記憶體供需失衡。政治上，亞洲軍事緊張，美國與歐洲都不安。文化上，馬友友出新ＣＤ不是只有中國人感興趣。這樣的例子多得數不完。

由這些例子，或許我們還不知道如何定義全球化。但我們可以大膽說：全球化不必然是產生更高的普遍性。我們相信全球化在我們生活的各場域快速擴張，但不表示我們將用一種文字，說一種口音的話，用一樣幣値的貨幣，面對一樣的股市價値，選同一個總統……，雖然我們還是選著我們自己的股票、自己的總統，講著自己的「國語」，世界上，人群與人群的關係，早已愈來愈無法關在國家政治的藩籬之中了。

逆旅與歸宿

M：

眞羨慕您能回到香港，您幼時生長的地方，一個沒有人會認爲您是外地人的地方，一個您可以站起來爲屬於您的「本土」奮鬥的地方。

我們合譯德國社會學家齊默爾《異鄉人》的時候，我對異鄉人的理論意義頗爲推崇。異鄉人與周遭社會，有一種不可跨越的本質性的差異。雖然，異鄉人可能在某個社會生活許久，但這種本質性的差異，不會因與當地社會某些人熟識而消失。換言之，地理位置與社會生活的親近，並不能消除因異鄉性而導致的鴻溝。這一理論原型，可以外推到各種社會關係之中，齊默爾甚至指出，在最親密的愛人之間，這種鴻溝也可能發酵而成爲嫉妒的源頭。我推崇異鄉性理論的原因，正是因爲這不可救藥的鴻溝，使異鄉人式的互動必須建立在某種普遍的基礎上。這種由異鄉性所證得的普遍不是由遍知、遍能、遍在的上帝所保證的「普遍」，而是由日常社會互動所證成的普遍。若異鄉性能成立，這一普遍便在異鄉人式的互動中成立。

但眞實的身處異鄉去體驗全版的異鄉人生活，卻不見得人人喜歡。相信當初您對我抱怨美國同學在走廊上把您當隱形人處理時，負面的異鄉人經驗，與美國的有色人種經驗，是混在一起五味雜陳的。最極端的異鄉經驗，是像早期歐洲的猶太人，沒有一個地方是「本土」，處處是異鄉。朱西甯的女兒曾寫過：沒有親人墳墓的地方不會是家鄉。前一陣子看到朱先生過世的消息，很想問問朱家小姐：妳認爲葬妳父親的地方是妳的家鄉了嗎？

錯置

M：

我們相約，要由齊默爾的異鄉人理論開展出一系列討論，討論的大綱，企圖包括儒家的倫理學與後現代社會理論。沒想到這個討論會在「非常沙龍」開端。有點錯置是嗎？異鄉人經驗本來就常與錯置分不開家。寫《東方主義》一書的巴勒斯坦裔美國人：愛德華薩依德就是一個完美的例子。

順著齊默爾的習慣，我們常用猶太人經驗作爲異鄉人經驗的典範，但我們卻忽略了猶太人在找家的過程中製造的異鄉人，巴勒斯坦人。薩依德不知是幸運還是不幸，正是一個生在耶路撒冷的巴勒斯坦後裔。巴勒斯坦人在埃及或在敘利亞異鄉人的張力可能沒有那麼大，但一個巴勒斯坦人在美國，要不感受異鄉性也難。幾乎和中古的猶太人一樣，巴勒斯坦人是沒有「本土」的族群。薩依德這樣的巴裔美人到死前都還要問自己：「你是美國人嗎？……長得不像！……」他希望自己是純粹的阿拉伯人、歐洲人、美國人、埃及人、天主教徒，或純粹的回教徒，他都是，但都不純粹。無論你做什麼，都無法改變的不純粹，便是異鄉人經驗中那不可跨越的鴻溝的表現。

錯置不只是鴻溝的表現。錯置還有時間面，在時間面上，錯置指涉得比鴻溝更豐富。鴻溝的時間面意涵是：無論多久，差異不滅。錯置的時間指涉還有，時空不對，不合時宜的味道。薩依德以「錯置」爲自傳的書名，兩種時間的意涵都有。

社會我執

M：記得您說，您以前是念佛教辦的學校，雖然您自己不自稱佛教徒，但最痛恨一些假佛教徒，一邊酒色財氣不可自已，另一方面卻抱著《心經》說空即是色、色即是空。希望您不介意我借佛教的「我執」一用。

前兩天引出的「異鄉人」，和「錯置」之類比喻，都與社會性的「我執」脫不了關係。如果人人都是菩薩，不分你我，不分我群、他群，社會上不會有異鄉人，愛德華．薩依德自傳中的「錯置」症，也會治癒大半。但現實不是這樣，社會的我執與個人的我執一樣普遍。

社會性我執的因緣，可從家庭說起。薩依德自傳開頭的一段話對這緣起說得很傳神：「所有的家庭發明它們的父母與小孩，給他們每人一個故事與特質，甚至一種語言。」相信轉世說的人，或許會主張，生到那一家，是前世的業力相互牽引的結果。當我們把轉世說放到一邊，我們可以說生在那一家，得到那一種社會屬性，對新生命而言不是選擇得來，不是努力得來，是出生時被硬加上去的。馬英九爲什麼是台灣的外省人，您爲什麼是香港人，都是父母在生你們的時候就命定了的。

社會我執，常常由從這些家庭背景的特質逐步成形。在社會我執成形的過程裡，除了每人所背負的家庭背景，無法由個人選擇，何種特質受所處社會多大的重視，也無法由個人選擇。雖然這許多社會我執的成因，是因緣際會，任意的組合，但當這些組合成爲社會事實，影響著社會成員的日常活動與福祉，社會我執於焉誕生。

能近取譬與差序格局

M：

中國社會學有費孝通一派以社會人類學與田野調查爲基礎，對中國社會的研究成果斐然，頗爲世界社會學界所推崇。您身在回歸後的香港，對費先生的作品一定比我熟。既然講到社會我執的緣生性，我覺得有必要提出一個多年的疑問。

記得費先生在《鄉土中國》一書談到日後廣被引用的「差序格局」的時候，曾引用論語「己欲立而立人，己欲達而達人，能近取譬，可謂仁之方也已！」作爲支持差序格局的證據。差序格局可能是對中國社會群己界線一種傳神的解讀，但將這段經文作爲支持差序格局這一社會現象的證據，卻有重新解讀的空間。

差序格局是分親疏遠近，對自己人好，對不是自己人不好的社會關係架構。「己欲立而立人，己欲達而達人」有可能會因「力有未逮」，造成差序的現象。但由差序變成差序格局，卻是「社會我執」的結果。換言之，由「力有未逮」所導致的「差序」，到社會緣生所決定的格局，其中多親是親，多疏是疏，不全是個人所能完全左右的。費先生描繪這些固著在中國社會生活中的格局內容與型式的功力不在話下。但可惜的是，費先生用孔子這段話作既存中國社會格局的註腳，把旨在改變社會的理論資源誤用來替既存（不合理）社會格局說項。M，您記得燒敦煌殘簡取暖的道士嗎？我不怪當初這道人，但若讓我看到，定不會任他燒的。

「己欲立而立人，己欲達而達人，能近取譬，可謂仁之方也已！」中的「能近取譬」是改變費孝通先生在《鄉土中國》對這段文字詮釋的關鍵。

立人與達人，都是利他的。費先生敏銳的觀察已看出，「楊朱和孔子不同的是楊朱忽略了自我主義的相對性和伸縮性。」一旦我的定義是可變的，利他的對象中所定義的「他」自然也是可變的。當我推得愈大，立人與達人中所要利益的「他」，範圍就愈廣泛，離楊朱所咬住不放的「生物我」就愈遠。但是，當費先生進一步詮釋這可變的我時，「能伸能縮」卻變成了「能縮則縮」：「……爲了自己犧牲家，爲了家可以犧牲黨，爲了黨可以犧牲國，爲了國可以犧牲天下。」這可能是中國社會的現實狀況，但以此推論經文卻糟蹋了。

要顯示這種糟蹋，最簡便的方法就是將「能近取譬」改成「能近取近」。但既然是能近則近，又何必冗長得要從修身說到天下平呢？又何必要引孟子的「推己」呢？

如果不糟蹋經文的意思，認眞的以經文反省社會，「能近取譬」可以是：如果你對親近的人做得到，爲什麼不由此中學習推廣呢？如此「己欲立而立人」一段文字在面對「……爲了自己犧牲家，爲了家可以犧牲黨，爲了黨可以犧牲國，爲了國可以犧牲天下」這樣的社會現實的時候，提出的反省其實是：「既知爲自己爲何不也以同樣的方式爲家，既知爲家爲何不以同樣的態度爲黨，既知爲黨爲何不以同樣的態度爲國，既知爲國爲何不以同樣的態度爲天下。」這是取譬而不取近，這是推己而不縮向自己。

在推己的過程中，因「力有未逮」會導致「差序」是人情之常，但由「差序」變成「差序格局」則是「社會我執」。

由爲自己推到爲他人，由爲自己的親人推到爲與自己無親戚關係的人，在這不斷外推的過程中，無論做得再好，因爲人不是全能無限的，沒有人能將所有可能推及的對象都包括進來。換言之，在實踐上，推己的確會有實際限制。這就是爲什麼孔子說完成立人與達人的理想是「堯舜其猶病諸」。所以我們可以說：「差序」的成因之一肯定是「力有未逮」。做不到沒什麼不對，但在理想上，人必須不斷去做。即使連儒家推崇的理想典範堯、舜，都不可以停止克服差序現象的努力。

對差序的問題，費孝通先生至少用了兩個屬於西方的例子來說明爲什麼西方沒有差序格局：一個是耶穌，另一個是以國家爲唯一的群己界線。

回歸上帝是個法子，但只要人是有限的，人間世的差序問題仍不可能完全消滅。西方社會以國家爲唯一的群己界限，正好用來說明從差序到差序格局原是社會我執。

若以推己的理想看，國家雖然是很大的範圍，卻不是推己理想的終極。國與國之間的界線仍是一種差序現象。但不論現代國家的形成，或以國家爲產生差序的固定格局，都是人類社會歷史因緣的一部分。以法令定義誰是那一國的國民，並對國民與非國民採取不同的待遇，是爲己不是爲人。既是歷史的又是爲己，M，這不是我們前兩天討論過的社會我執是什麼？

男女有別

M：

我們談了半天的沙龍社會學，還沒有談過性別的問題。我相信男女有別。男女之間永恆的差異為社會異類的共存之道提供很好的榜樣。

男女的社會角色在不同社會之間或許會有差別，但是性別差異從未消失。首先，男女之間的生物差異使男女在生育上有不同的能力與責任。生育能力與責任的差別常進一步演變出各種性別角色的社會安排。雖然如此，男女之間相互吸引與結合，從不會因為男女之間的社會差異而消失。男女之間的生物差異一方面保證男女差異不可完全抹殺，另一方面卻也為男女結合提供了基礎。更因為男女有別，讓人類早在文明前便有與不同類屬的人相處的經驗。

前幾天所談的差序，與更早提到的異鄉人關係，都牽涉不同類屬的人追求共存的經驗。人與人之間所有可能的關係形式：愛、競爭、衝突、剝削、交換、統屬……都會在不同社會類屬的群體之間發酵。群體差異會對每一種關係的發展造成額外的負擔。但跨越類屬界線的社會關係卻更容易為社會帶來新的反省與新的可能。

在男女互動、交往甚至結合的過程裡，愛、競爭、衝突、剝削、交換、統屬……所有的關係形式都有可能出現。隨著社會制度的不同，各種關係形式出現的機會也不一樣。跨越社會制度，男女之間除了有最打動人心弦的愛情之外，不可消弭的男女之別也是社會批判的可貴支點。現代女性主義終於在男女纏綿萬年之後，在這支點上發掘了社會批判的寶藏。M，我們應該爲人類歡喜，還是應該爲男性擔憂呢？

戰爭

M：

你我都算幸福，不曾經歷血淋淋的、兵荒馬亂的戰爭。我們的父母就沒那麼好命了，他們從小就是在戰亂中成長。

差異不必然帶來戰爭，但是戰爭必然預設差異：宗教信仰不同，政治主權不同，政治信仰不同，經濟利益不同，國族認同不同，階級利益不同……都有導致戰爭之虞。戰爭是群體間衝突的集體性暴力表現。無論成因如何，誰勝誰負，都是災難。好在差異不必然導致戰爭，否則男人與女人的戰爭必定與人類同壽，而且人類歷史一定是短壽多災。

差異會導致戰爭，但泯除或忽略差異也會助紂為虐。試想，人群之間有多少大大小小、強弱不同、重疊糾纏的差異。戰爭的雙方一方面要在戰時抹殺彼此之間可以共享共存的基礎，另一方面，要忽略或壓抑同夥之內不利高度團結的群內差異。「攘外必先安內」，戰前的群衆心理動員，戰爭期間集會，言論的管制……都是尋求加強同質性的手段。

人類歷史上鮮見男人與女人的集體血戰，不是因為男女差異不足，而是因為同性內的其他差異往往大過因性別所導致的差異。更重要的是，男女彼此需要，群體的差異與群體的利益無法超越個體之間的吸引與關愛。

現代國家是最有合法資源去製造國與國間差異，泯除國內差異的機構。換言之是最有效的戰爭機器。在現代世界只有那些可能在國與國間製造差異的，才會導致戰爭。難怪男與女的集體血戰不容易在現代世界發生，世界性的階級大戰也因為無法克服現代國家的阻礙無從發動。M，若有人可發展一種機制，像克制階級與性別的戰爭那樣，克制所有的戰爭，諾貝爾和平獎非彼莫屬。

社會反省

M：

溝通是社會進行反省的必要條件。

反省可以從為特定的行為項目設定一個價值標的開端，然後再看所做所為有沒有達到這個標的。像曾子所說的：「吾日三省吾身：為人謀而不忠乎？與朋友交而不信乎？傳不習乎？」便是。像曾子所建議的這種反省是個人對自己所作所為設定標準，自己遵守；也可以說是康德式的：自己立法，自己遵守。

社會反省若想這麼做就難了。首先，社會性的「自己」很難說定。現代世界政治領域中的「國家」有點像，但以國家為社會主要的行動單位是歷史的偶然。「國家立法，國民遵守」和「國民立法，國民遵守」都有點像個人層面的「自己遵守」。但「國民遵守」讓人想到的是遂行國家立法時所採取的處罰與強制執行，這與個人層面的反省究竟不同。一方面，國家的「立法」過程冗長，即使新的立法像是新的社會行動規範的標準，似乎反應太慢。另一方面，處罰與強制執行是被迫，不太像個人層面的自願遵守。

若要在社會層面維持個人反省一般靈敏的反應，又要行動者有高度的自願，社會人群的差異與溝通是關鍵。自己立法自己遵守有一層意義是在不同的可能選擇中下一個判斷，決定何去何從。社會上所存在的「可能選擇」會反映在社會人群的差異性上。社會人群的差異會因社會新議題的挑戰，與社會舊議題的新出路而日新月異。於是，在社會反省中面對「可能選擇」的判斷得仰賴對不同群體與出路的充分認識才足以完善。溝通是認識差異的初步，因而是社會反省的必要條件。溝通清楚的行動調整才有自願性，隨時溝通與時俱進才有時效性。

把遺憾還諸天地

M：溝通可以增進反省的機會，但是溝通與反省都不是萬能的。個人的自省可能會有盲點。社會的溝通與反省更不可能完美。不完美不是大問題，將不完美視爲完美才是大問題。

個人的自省出了問題，如果只殃及自身也就罷了。若此人握有政治權力，個人反省不足，很可能導致衆人的災難。最不幸的狀況是當政治人物既犯錯，又掌握龐大權力。有人認爲民主制度能完全解決這種問題，也有人認爲「理想的溝通情境」能解決問題。我並不樂觀。你看，在二十一世紀初，「摩西」、「約書亞」又在民主殿堂中大顯身手。不管是眞是假，傳說中的「摩西」果眞帶領一群奴隸出埃及，成就一個至今仍多災多難的民族宗教。但在二十一世紀，有人被人民選出來，將選他的人民比喻為奴隸，將自己比喻為受上帝之託的先知，預言歷史將從自己開始。無論是成是敗，我都為追隨者捏一把冷汗。

有樂天派的理論家認為這些怪現象與災難都是因為社會還不夠「進步」。民主化不足，或「理想溝通情境」未能完成。以一種近乎完美的藍圖，例如，理想的溝通情境，去促進對現有制度的反省是件好事。但是，這不可能解決，或起碼不可能在一時間解決社會制度不完美的問題。二次大戰之後，悲觀的猶太社會理論家放棄尋找不可能企及的完美未來，卻提醒我們，對任何宣稱找到最完美答案的政治方案仔細反省。「完美的未來」可能是「災難的開始」，自省強的個人與社會是減輕受災程度的良方。

超越而又內在的愛

M：

聽您談您的情史是在寞地生難忘的經驗之一。記得我們的同學H嗎？他堅持沒有聽過他情史的不算是他的好友。我是從一而終，總沒什麼情史好拿出來與朋友分享。但昨晚與大女兒重讀了愛曼紐．拉分納斯討論愛的短文，想在這裡一饗友人。

在開始談之前，我得先聲明，我的「哲學」史程度跟我女兒差不多，十幾年前在關子尹老師和張燦輝老師課堂上學的「超越」與「超驗」的區分，「內在」的定義……早就還給老師們了。但拉分納斯談「愛」的觀點與你我都感興趣的齊默爾的「異鄉人」理論實在是太像了。更與我想在「非常沙龍」逐步反省的後現代儒學若合符節。

愛是人的特權。無論愛朋友、兄弟、愛人、父母或物品，愛是指向一個總稱的「其他」。拉分納斯與齊默爾都指出，愛有與對象合而爲一的傾向。這種看法在西方，早在柏拉圖《饗宴篇》喜劇作家亞里斯托芬尼斯的寓言故事就存在。經由異鄉人經驗的反省，齊默爾指出，人與人之間最終不可跨越的鴻溝。在執著地要求完全合一之下，因爲這種鴻溝，愛會變成「嫉妒」。拉分納斯則強調，在愛中與一具體的對象結合雖然是愛唯一可能體現的方式，但卻不是終點。人的愛是將一種內在的欲望實現在一個特定的對象上，變成一種基本需要。得到一個愛的對象，一方面顯現這種基本需要被滿足，另一方面，愛的內在欲望卻是又超越任何被愛的特定對象。用拉分納斯的話來講：「(總稱的)其他的可能性表現爲需要的對象，但同時保存他可替換的特質，或可再一次享受(總稱的)其他的可能性……」

齊默爾對愛的分析，指出愛的排他性，拉分納斯對愛的分析，則指出愛的可能性。

愛曼紐．拉分納斯稱愛是自足的可欲，但一方面愛的實踐卻得透過外在的具體對象，另一方面任何愛的經驗都不能完全體現愛的限制。反之，用康德的語言來講，這種可欲是「指揮著我們實際去越過這些限制」。所以，拉分納斯說愛是處在「超越與內在的極限上」。「超越又內在」在某些儒學的討論中也被用來指稱儒學的形上學特質。孔子所謂的：「仁者愛人」是儒家重要的理論原點之一。深究仁不能不深究愛。我們或可因此推論，「仁」也可能處在拉氏所謂的：「超越與內在的極限上。」

但拉分納斯對愛的討論並不完美，拉氏並沒有分辨愛在不同社會關係之下的不同面貌。他雖然認知到愛可以以小孩、朋友、兄弟、愛人與父母爲對象。但是當他討論愛的時候，以《饗宴篇》亞里斯托芬尼斯的寓言故事爲例，其實討論的只有男女之愛。翻一翻柏拉圖的《饗宴篇》，亞里斯托芬尼斯說：以前除了男人和女人以外有一種人是陰陽合一的「男女人」。「男女人」具有男人與女人的所有特性，甚至有四條腿、四隻手、四隻眼、兩張臉……。男人是太陽之子，女人是大地之子，男女人是月亮之子。不幸「男女人」強到企圖對衆神不利。衆神之神宙斯在綜合了諸神的意見之後，決定將男女人一分爲二，宙斯說：若再不聽話，就將他們一分為四，直分到他們聽話為止。從此「男女人」的後代所變成的男人或女人就終其生在找尋自己永不可復合的另一半。

愛曼紐．拉分納斯依男女之愛探討「愛」超越又內在的處境其實是可以跳脫男女框架的。若用這超越又內在的處境來說孔子的「推己」與「能近取譬」更妙。

首先，男女之愛有跨越歷史社會的普遍性。孔子所論的「仁」，其實更普遍。「推己」與「能近取譬」的「仁」在孔子的原文並沒有設定關係的類型。庸俗的社會經驗主義或許會辯稱：看一看歷史發展的社會經驗事實，漢儒所強調的三綱五常，早就在主流論述與日常生活中，把孔子所強調的仁放在一層又一層傳統社會角色關係的鐵籠裡一關幾千年。「進步」的現代社會，早該把那腐朽不堪不合時宜的鐵籠與關在裡面的東西一併丟到焚化爐去化為灰燼。但是當我們仔細分類後，不難發現拿開社會關係鐵籠的「能近取譬」，並沒有限定「近」的社會歷史內容。「能近取譬」只指涉由近的關係著手去學習可以推廣出去的愛。至於如何推及，何種關係是近，都可留給實踐者依所處的社會歷史情境去自行判定。男女之愛當然可以包括在內。

其次，孔子的「仁」雖然與拉分納斯所論的男女之愛的愛欲不同，又沒有男女之愛的排他性，但超越又內在的張力應比愛欲更強。發於個人內心的仁，在「己欲立而立人，己欲達而達人」的過程裡，一方面要透過特定的對象去實現，另一方面，連「博施於民，而能濟眾」都不夠。孔子所說的「堯舜其猶病諸」是指在理論上，有限的個體生命中這可能被喚醒的自足的仁心，既要在具體的「立人」與「達人」上去實現，又是超過任何有限的個體生命可能承擔的範圍，永不休止地「指揮著我們實際去越過這些限制」。

尚友古人，推陳出新

M：

最近回寞地生一趟，那裡的春天沒有大都會的汙染與擁擠，比紐約附近這一段哈德遜河要美多了。這兩天您全家出遊，是不是去了那春去春又來的台灣？台灣這個春天多災多難，天災人禍不斷。這個春天，台灣去了一個舊領導人，來了一個新領導人。舊的愛用摩西、黑格爾的歷史哲學來說自己的政治方向，新的則用老莊、《菜根譚》。雖然東西有別，但都引經據典。我對他們的政治意圖不感興趣，只對他們如何引經據典好奇。

回寞地生與一群書呆子聚首，總少不了談一談最近與您談過的硬話題：美、語言、城邦、愛……。W一如往常，抱怨念社會學的總不直話直說，愛引經據典繞大彎子。這回我的答案他似乎比較能接受，我說：理論性的論點，除了邏輯一致，又不與常識性的經驗相悖之外，援引前人的說法至少有三個作用。其一，求證，其二，豐富內涵，其三，求新。

首先，前人的論點經過時間的洗禮，若能證明自己所論與前人一致，可以增加論點的可信度。其次，前人的論述存留至今，曾在許多不同的時空情境下使用，若援引得當，可以豐富自己簡短論述的意涵。前面這兩點，政治人物在引經據典的時候也多會考慮。最後，任何理論創新都必須首先了解什麼是既存的，否則自認有創見，其實是老生常談，豈不是自欺欺人。可是，江山代有才人出，面對先賢，要想有創新談何容易。最後一點求新，最關鍵，最難做到，也是政治人物最會忽略的。

男女之愛

M：您還記得老孟嗎？上回他到寞地生，您我與H和他一塊兒去荒唐，居然忘了感謝他譯的

《愛的藝術》。那是我大學時代最愛讀的書之一。前次與您談到拉分納斯的男女之愛，特別去買了一本英文版的《愛的藝術》重溫舊夢。

佛洛姆在《愛的藝術》中所論的男女之愛，比拉分納斯的討論有人味。拉分納斯對男女之愛的解析裡，處於「超越又內在的極限」上的男女之愛，似乎是必然如此的。雖然我們可能可以推論，「個人意志」，在拉氏所論的「超越又內在的極限上」不可能缺席。但說：在討論男女之愛時，拉氏未能像佛洛姆一般重視個體的意志，應是公允的。

佛洛姆則強調：愛是需要知識與努力的，不是盲目地「墜入」情網。愛不只是被愛與愛的對象的問題，愛更是「去愛」與能力的問題。在男女之愛的討論上佛洛姆雖然和拉氏一樣，也強調與愛的對象合一的傾向，以及特定的對象被替換的可能性；與拉氏不一樣的，是佛洛姆更強調男女之愛的排他性，更強調愛可基於意志去成就一組關係，無論關係如何開端。他說：「(男女之愛) 是一種決定、一種判斷與一種承諾。」正是因爲這最後一點，佛洛姆所論的男女之愛不具有必然性。也正是因爲如此，佛洛姆所論的愛比較有人味。大概就是這種人味，當初讓我愛上佛洛姆這本小書。

孔子所強調的仁也是這種有人味的愛，只是省了男女之愛的排他性。

春情無著處

M：

最近老與您談男女之愛，讓我想起牟宗三先生的《五十自述》。終其書鮮談愛情生活。我們當然能理解牟先生所經歷的時代。時代悲劇所帶來的創傷可能早已超越了任何值得一提的愛情生活。當年牟先生將個人的悲情化作面對時代之病的悲心，又以《維摩詰經》文殊問疾以明志，男女感情似乎可以按下不表了。但仍讓人覺得少了些什麼。

想想看，盧梭的《懺悔錄》，就是自傳。盧梭對他所處時代，與人類整體處境的關懷不可謂不深，但《懺悔錄》絕不避諱男女之事。還沒機會讀奧古斯丁的《懺悔錄》，不知道這位大修士談不談男女之愛。如果連奧古斯丁都談，牟先生對男女之愛的留白就太矜持了。

牟先生上承儒家傳統。這種面對男女之愛的矜持在儒家並不稀奇。《論語》對人生大小事很多都談了，對男女之愛卻幾無著墨。女子與小人放一塊兒，男女與飲食放一塊兒，都頗有貶抑忽視的味道。《論語》中孔子兩度感嘆「未見好德者如好色者也」，似乎德與色是絕對的競爭關係。《詩經》大概是儒家經典中唯一正視男女之愛的。但在「詩無邪」的運動中，想必刪去了不少露骨的男女之愛。

這種對兩性之愛的忽略，其實牟氏是有自覺的。但那是回想整理之後的自覺。他稱找著對象之前「無著處」的情緒爲「春情」，「愛情是春情之亨與利，有著處；結婚是利而貞，有止處」。他又說：「(春情)是生命內在自己的『亨』，是個混沌迴旋的『元』。」他說他自己連春情都沒，更沒有愛情。這是牟氏自己的修鍊之道，還是儒家行者的通疾？

社會關係與社會反省

M：

我答應您來沙龍談一談大家都聽得懂的社會學。現在都快到說再會了，到底我是怎麼說的呢？簡而言之，我是以呈現社會關係形態的方式去促進社會反省。

爲了讓大多數人懂，我們可以說：牽涉三個人以上的互動都有可能是社會關係，會重複出現的社會關係都有可能稱爲形態。社會反省的不只是反求諸己的自我檢討，更指向互動中的人群，所以是「社會」反省。社會「反省」起碼有兩層：一要看清楚，看清楚三人以上的互動中重複出現的社會關係有什麼，二要想一想，想一想爲什麼，想一想這是不是我們所樂見，想一想有沒有其他的可能。即使不一定能成功地改變什麼，社會反省有機會讓我們對日常生活中會重複出現的關係保持一點距離，作有距離的觀看。時間拉長，空間放大，有一些抽象都會幫助保持距離。

距離的好壞沒有定論。能幫助社會大衆觀看，足以導致想一想的效果的就是好距離。看清，最重要是能分辨，釐清類屬與差異是分辨的好策略。看到與證明「新的」差異往往是這一策略奏效的明證。

形態也沒有一個定論。多一些社會學家來談，或許會有一些一致的看法，但對社會反省而言，一不一致只是幫助社會學家自己反省所說的工具。形態只是個「假名」，不能少卻不能太執著。

偏誤

M：

昨天我說如何用社會學作反省，說得挺輕鬆，做起來並不輕鬆。這不只是因爲能不能拿捏得到能促進社會反省的社會關係形式；更難的是，會有偏誤。

偏誤起碼有三種：其一是我們所處的社會座標所導致的偏誤。我們的階級、種族、性別、宗教、國族……一大串的因緣會造成找尋社會反省時的第一類偏誤。第二類偏誤是由所屬的專業訓練（或無訓練）導致的。社會學訓練的人與哲學訓練的人，看同一組社會行動就有可能有不同的著眼。第三類偏誤來自知識分子的盲點。有人大聲疾呼，要給日常生活的一般行動者詮釋自身行動的最優先權。這三種偏誤不是我說的，是法國當紅的社會學家皮爾布丟說的。

皮先生說的這三點沒有一點是他的創見，倒是滿好的歸納。我也不想畫蛇添足地再多加些偏誤來源上去。只想說這個歸納隱含著但並沒有明說：不平等的權力與發言機會才是「偏之所以成「誤」的因緣。還是那句老話，放下社會我執，設法在不可能化去的鴻溝之間激起美感式的互通。最後記住，反省可能無法導致永恆無限的完美，但可（要）設法減少災難。

門外漢論詩歌

M：

安梧跟我們在鷹嶺當鄰居的時候，酒醉之後總強拉著你我這些門外漢寫詩。作詩歌強調（或強迫）作者要以美感經驗與讀者互通。前面我一直跟您說「美感經驗式的互通」，但沒有討論怎麼進行這樣的互通。我們或許可以在詩歌上找靈感。

文明盛發初期的經典，詩歌常是不缺席的。荷馬的史詩與中國的《詩經》都是在日後主流「對話」體的經典之前盛行的。即使到近代，荷馬史詩還是西方文化生活的源頭活水。例如阿多諾與霍克海默的《啓蒙的辯證》還回到荷馬史詩中去找尋西方文明再生可能性的隱喻。《詩經》的表現在近代遜色很多。這可能不是《詩經》的問題而是子孫不肖或家門不幸的問題。總之，非常有可能是「不為也非不能也」的問題。

好的詩可以不論理，卻不能不感人。感人但又「樂而不淫、哀而不傷、怨而不怒」。詩歌的作者與讀者可在準美感經驗之下互通。在這種經驗中，作者、讀者、詩的文字似乎都可刹那間退位。詩當然可以記述事實；沒有事實，社會學是活不下去的。此外，「（詩）可以觀可以群」的「群」字，融合事實、語言與準美感經驗開啓和而不同的互通。「群」字點出了詩的可社會性。

門外漢談一談詩，大概是想紓解一點當初喝醉了酒還是寫不出詩的尷尬。

日常化

M：

以美學爲模型去面對社會，雖然有很多令人動心的好處，但並不完足。美的創造與美的經驗並不要求實用性。有時甚至避免實用性。但日常生活中的事務、制度與行動，十之八九是要有實用性。社會反省可以不全以日常生活爲依歸，但卻不應該對日常生活的眞實面視而不見。

面對日常生活，不只是指要知道既存的，也要安置新創的。知道既存的可以純粹以知解與記錄、傳播之類的知識活動去進行。安置新創的，就得牽涉政治經濟資源的分配與重組；就是要改變這個世界並將這改變日常化。

談到知識活動，現象學的基本教義派會質問這樣的日常生活是不是第一義的，是不是加上了科學知識的系統性扭曲。前幾天我已指出了一些系統性偏誤的來源。但我不會以現象學的系統性論述去取消所有社會學日常研究活動中所慣用的進路。只要能夠促進社會成員之間的相互了解與相互容忍的，就是可以被接受的進路。

改變世界呢？美國現代哲學家理查若替說：讓我們照顧自由，眞與善會照顧他們自己。眞實世界比這要複雜得多。這種說法少了「美」與創造，少了日常化，少了人世間不會消失的權力關係。但要照顧自由是眞的。

第三類社會關係

M：

現代社會的社會關係主要落在兩個範疇之中：一個是權力關係，另一個是交換關係。我先前對愛的討論可幫助彰顯第三個範疇：利他關係。

權力關係除了一般人日常生活中可以意識到的政治力，國家、組織內的行政力量之外，有很多權力關係的現象與形態必須要特殊的分析與論證才能現形。死於愛滋病的法國學者傅柯是這方面解讀的高手。我認爲，對權力關係最廣泛的定義可以這麼說：「權力是對個人意願遂行的社會束縛。」「社會」可以是社會關係中具體的個人或組織，也可以是匿名的「社會力」。傅柯所專長的是後者，韋伯所專長的是前者。

典型的交換關係在現代世界由市場機能主導。此外，在人與人的社會關係中，交換關係的主調是一連串成本與利益的計算。換言之，典型交換關係下的社會行動是由行動者內心的損益表，以及對投資報酬率的估算所引導。這種交換關係中的社會行動是爲己的，互動各方的利益常常是相互衝突的。交換也可能是爲了互惠。互惠關係下的「交換」各方利益雖不全是相衝突，但卻是相依賴的。一方的付出中斷會危及整個關係的維繫。具占有性的男女之愛常是互惠式「交換」的典型之一。第三種「交換」連互惠也稱不上，但交換的活動與交換「物」的社會意義相互依存，我稱爲「符號」交換。

我要談的第三類社會關係的範疇是利他關係。

利他關係可以是一種制度設計，也可以是日常生活中的社會互動經驗。利他的行動者與受益者可以是個人，也可以是社會群體或組織。我必須強調，利他關係的範疇與權力關係和交換關係的範疇一樣，大部分只是我對社會現象的歸納。此外，在具體社會互動關係中，不同的社會關係範疇不見得是完全互斥的。

與其說利他行動與利他關係在人類社會一定存在，不如說利他關係在人類社會具有可能性。發揮利他的可能性除了社會制度的設計，組成利他組織之外，日常生活中的學習與推廣是不可少的。美國宗教與社會學家羅伯．伍思瑙在《學習照顧》一書主張青少年在宗教組織內比較容易找到學習利他行為的典範。但，如果能採取「能近取譬」的教訓，最簡便的利他典範應可在家庭發現。也像我們前面討論過的，利他不需要泯除我與「其他（人／群體）」的界線，而是由親近的關係去認識與學習利「他」的可能性。

諾貝爾獎得主葛瑞．貝克提出以利他的邏輯去建構家庭經濟行為的模型之後，其他經濟學家一再地以「交換」的經濟模型去挑戰貝克「利他」的理論。我好奇的不只是利他是不是家庭關係的社會事實，而是何時利他關係能走出家庭，能成為未來社會更廣泛的事實。

意猶未盡

M：

每次與您聊天，都是意猶未盡。好在人生趣味之一就在這意猶未盡。有限的人，自大的心，注定有意猶未盡的果報。

還想說些什麼呢？

想以差異與推己重析五倫。求推己的形態學。以後現代的問題意識與儒家的問題意識相互詰問，找尋新的可能性。想由《詩經》求中國社會文化初生的原形，盡世界文化公民的本分，講一講中國社會到底發展了些什麼。文化公民不只是消費人家給的，更要貢獻自家有的。說到自家有的，有機會要醫兩個病：第一病，將不合身的壽衣往中國歷史的屍身上套。爲逢迎當道，任何主流價值加上個「不」或「無」字就成了中國的壽衣：「不」民主，「不」平等，「不」科學，「無」哲學，「無」資本主義……。亂套壽衣的另一個極端是「早就有」，或「也有」派，中國「也有／早就有」民主，「也有／早就有」科學……。第二病，非古。前人以古非今，求的是個社會批判；今人以今非古，常只消費人家給的，忘了貢獻自家有的。另一極端的非古是「非古」不可，拒絕改變。可談可反省的社會現象不知凡幾，但都沒有這幾樣令我掛心，大概是五四剛過的緣故吧！

沙龍閒談，求的是個感覺，要喚醒的是思考的靈感與問題意識。若能拋磚引玉，雖意猶未盡，也不遺憾。

輯二

哈德遜河畔

哈德遜河口的世貿雙子星一夕間化為灰燼。
群居在河畔的後現代遊牧民族，
在第一現場，見識到了古遊牧民族文明之子的手段。
沒有人知道，成千的生命，
與上萬破碎的心，
是不是能緩得住「無明」與「無常」的腳步……

後現代遊牧民族

哈德遜河口的世貿雙子星一夕間化爲灰燼。「無明」與「無常」在毀了阿富汗的大佛像之後，再一次對衆生開示。羣居在哈德遜河畔的後現代遊牧民族，在第一現場，見識到了古遊牧民族文明之子的手段。沒有人知道，成千的生命，與上萬破碎的心，是不是能緩得住「無明」與「無常」的腳步。

研究資本主義文明著名的法國年鑑學派史家布賀岱認爲，在無常的歷史之洋中，文明的腳步是最緩慢的，著眼於文明，可以讓我們與短命的新聞事件保持距離。與事件保持距離，往往是有助於日常生活中的衆生，減少衝突熱度的良方。但哈佛大學政治學教授杭亭頓眼中的文明，卻是世紀大衝突的罪魁。記得有位信佛修密的朋友，提到這麼一則故事：曾有個修行人終日苦修，見某尊佛菩薩向他現金身，修行人歡喜異常，忙招呼鄰近的路人分享佛菩薩到來的喜悅。被招呼的路人笑他癡，怎麼看，這路人看到的，只是一個乞丐背著一隻死狗。同聽這則故事的一群中，有自作聰明的忙道：那背著死狗的乞丐，一定就是佛菩薩了。將這樣的邏輯套在文明的解讀上，有人會說，文明的艦隊正在人類歷史的新海域作殊死戰，基於文明的結構史性格，此一戰事將會是漫長難解的。

其實不必這麼擔心。即使是小布希在雙子星遭攻擊之後忙著說「這是戰爭！」的時候，也未必就把文明的衝突當眞，爭執的，只是制裁一名國際恐怖主義活動的嫌犯，及包庇他的政權。甚至有人懷疑，小布希只是在爲開保險公司的大金主解套——沒有美國的保險公司需要對戰爭損失理賠。若這戰爭是美國對阿富汗，則最窮的伊斯蘭國家，對上了最富有的資本主義國家，要造成世界性的大衝突言之尙早。無論阿富汗多麼以宗教治國，他們嘴上也得說，願在找到「能公平審判」的中立國家的前提下，交出嫌犯。若我們不對美國找北約組織尋求合作的動作太在意——美國不也和巴基斯坦和孟加拉借道嗎？——也不對布希在全國默哀日，與全國政要去國家大教堂祈禱，作擴張解釋——布希不也要美國人，不要在國內攻擊阿拉伯裔嗎？——整件事情，似乎可以當成國際恐怖主義與美國之間的個案。對資本主義文明或對伊斯蘭文明的高塔而言，這項衝突頂多只像上回汽車炸彈對雙子星地下停車場的攻擊一般，有驚無險。

樓起樓塌都不重要。最令人動容的，是那上千條的人命：那一通通逃不出的人，死亡前與親人話別的電話；那一個個在燒死前，選擇保有最後行動能力，跳下高樓的人；那決心一輩子爲七百死去員工家屬生活，加倍工作的債券公司老闆……可憐雙星樓下骨，多少春閨夢裡人。死亡的悲哀對活人的衝擊，是跨越文明與時空界域的。其實，這次攻擊下，許多國家的國民，都賠上了生命，許多不同宗教信仰的人，都上了傷亡名單。可預見的，美國復仇之戰與回教世界的反擊，無論是不是文明衝突，都要以人命當賭注。逝去的生命升天下地，其實都只是生者的憂愁。〈與妻訣別書〉「紙短情長」，揮之不去的，卻是日後活人對死人無聲的呼喚。人終究是躲不過一死。「留取丹心」是夠悲壯，「朝聞道夕死可矣」是夠理性；但這些都不能用來合理化殺戮。死的是遊牧民族文明之子，或基督教文明之子，都不該成爲殺戮更多人子的藉口。

在攻擊發生之前，曾有一段時間，自許爲紐約現代大都會的後現代遊牧民族——後現代遊牧民族，不是現代化的遊牧人，而是追逐著生活機會的「水草」而居的人，哈德遜河兩岸，有很多這樣的同道。

雖然遊牧民族的歷史比伊斯蘭教古老得多，但在歐洲人眼中，沒有伊斯蘭教的遊牧民族世界，還沒有文明可言。直到西元八世紀左右，伊斯蘭教才將阿拉伯與中亞的遊牧民族，由「文化」世界，帶到「文明」的境地。且不論這一論調是否有歐洲的偏見，大家拭目以待的是，伊斯蘭文明如何「回應」資本主義工業文明的「挑戰」。阿富汗學者巴馬特，在一九五九年提到：伊斯蘭國家在宗教改革、工業革命等等革命之外，他們還在等待屬於他們的賈利巴底（按：促成義大利統一的功臣）。幸虧，至今伊斯蘭人的賈利巴底似乎尚未出現，否則美軍可能早就知道要對誰開戰了。

後現代遊牧民族永遠也不會期待賈利巴底。他（她）／我們可以選擇放棄這種逐「水草」而居的生活方式，但永遠不可能成立國家。後現代遊牧民族的共通性不在語言、不在宗教、不在血緣，而在生活方式。隨工作機會遊走的生活，也讓他（她）／我們與日常所居土地的關係，常維持在契約買賣的關係。伊斯蘭教要求信徒必須每日對麥加朝拜，一生之中必須要到麥加去朝聖。後現代遊牧民族雖然不可能創造一個新的麥加，他（她）／我們每個人卻可能有自己心中的麥加，也有可能選擇一個不實際，但卻實在的心靈故鄉。

說「故鄉」有點沉重。有人說故鄉是有祖先墳墓的地方。然而，不知有多少雙子星大樓的亡魂，眞是決心以哈德遜河畔作爲下一代的故鄉？當四百年前，哈德遜先生與幼子，被放逐到絕命小舟漂向大洋時，他們心中的故鄉在那呢？他會不會想到，那無法如其所願載他到亞洲的河，現在叫哈德遜？

孔子談快樂

孔子不是甚麼都談。《論語》上說孔子很少談利與命與仁，不談怪、力、亂、神，更少談性與天道。根據《論語》記載的言行，孔子也很少談到快樂。想問快樂是什麼，相信很少有人會找《論語》來參考。前些日子，因緣際會，爲外甥說了一段《論語》，卻讓我找到些孔子談快樂的蛛絲馬跡。

暑假期間，看到前來同住的外甥凱凱，在他母親、舅舅與舅媽引導下每週上教堂。一回與凱凱閒聊，卻發現他沒聽過孔子是誰，更不知道《論語》是什麼。爲盡一盡作爲中國文明之子的本分，當晚載著他去恩格物鎮的星巴克咖啡店喝咖啡、讀《論語》。

說是「讀」，其實是得由我「講」。從〈學而〉第一講起。孔子在〈學而〉第一講的，正是快樂的原則。以學習爲樂，以交友爲樂；充滿著人文的孔氏快樂原則。溫故知新的喜悅讓我忍不住在此野人獻曝一番。今天先談以學習爲樂。

以學習爲樂

《論語》開宗明義第一篇就說：「學而時習之，不亦說（樂）乎？」這是個反詰語：「學新的東西並常溫習所學，不是很快樂嗎？」孔子沒有要你／妳一定買帳。這是一種邀約、一種引導，甚至是一種引誘。

憑什麼說「學而時習之，不亦說乎？」佛家以苦、集、滅、道開宗，直指人生是苦，緣起性空。若不開悟解脫，何樂之有？基督教說人有原罪，得上帝的救贖才得解脫。孔子這麼一個凡人憑什麼在人間世說快樂？馬古色依著佛洛伊德心理分析的傳統說：「快樂不只在滿足的感覺，而是在自由與滿足的事實。」孔子以學習爲樂的邀約經得起事實的檢驗嗎？

答案是肯定的。

第一步的論證很簡單。學習是快樂的必要條件。除非是得解脫的佛陀，任何信佛的人，如何有資格不學？大乘菩薩道的菩薩戒要求有志度己度人的同道得盡知遍知，非學不可。基督徒信上帝得解脫，必得熟悉且遵照上帝的話語行，非學不可。區分滿足的感覺與滿足的事實，不學習就能成事，何必佛洛伊德多此一舉？要快樂就得學習。

第二步的論證稍微需要些想像力。幫助世人看到學習是快樂的必要條件，是引導；要世人體驗由「學習」得快樂，則是邀約與引誘。快樂的充分條件，各家說法不一。光是要貫通各家所說的快樂，便是個大工程。其規模，應不下牟宗三先生晚年的力作《圓善論》。孔子一聲千古的邀約：「不亦樂乎？」化解了當下解答什麼是「圓滿樂」的急切性，卻為「學習」與「圓滿樂」的實現之間開了一道門。

人的能動性與有限性

我用「邀約」、「引誘」、「開門」這些譬喻，只想指出：「不亦樂乎？」是學習可能設定的目的，卻不具必然性。正因為由學到樂不具必然性，人的能動性正得以凸顯，孔子的邀約才難能可貴。

人的能動性不只是對由學習走向快樂而言重要，學習本身就是能動性的彰顯。一方面，學習所顯現的能動性是人類存在的特權。桌、椅、板凳、石頭、河水……，世上不能學的存在體太多了。另一方面，上面已提到，若是上帝或是佛陀，沒有學習的必要。遍有遍知的存有不需要學習。換言之，人的能動性是有限的，學習是人面對自己有限性的積極態度。

孟子繼承孔子之學，十字打開，人獸之辨絕無灰色地帶。但孔子在《論語》開宗明義的快樂邀約，卻沒有將其他理性存有排除。此一邀約不只適用於人，也適用於任何有限，但知道如何學習，又知苦、知樂的存有。學習的「習」字，象形的原意，是鳥學飛的意思。現代名著《天地一沙鷗》中的海鷗可能太過擬人化了，但動物會學習的確是事實。

盡己之學，以快樂相約

人獸之辨是個大問題，但卻不是《論語》中最根本的問題。曾子曾詮釋：孔子一以貫之的道，可以用忠恕二字來總結。忠就是盡己。講到忠，人們比較會注意對他人的忠，卻忘了對自己的忠。盡己之能去學習，人與獸能開出的可能性，自然不同。果眞能引導世人盡己之能，人獸之辨，不辨自明。

人的能動性雖重要，但若僅勸人盡己之能去學習，不以快樂爲邀約的重點，容易生弊端。

莊子〈養生主〉篇：「吾生也有涯，而知也無涯，以有涯隨無涯，殆已！」可以用孔子在〈學而〉篇「不亦樂乎？」的邀約去化解。重點不在學得多，得要樂在其中才算數。牟宗三先生在《五十自述》中，批評時下學者作學問，認爲只有多少的問題，不知道有高低深淺的問題。高低深淺的問題與〈養生主〉中庖丁解牛的寓言有異曲同工之妙。庖丁所喜好的不是解牛的技巧，而是道。庖丁之道，方家會認爲與孔子「人能弘道」的道不盡相干。但若以快樂相約，卻是不相悖的。朝聞道夕死可矣；生也有涯，又如何。

以人類社會而言，若知識以快樂爲標的，應就不會出現《啓蒙辯證》所批評的，以控制自然爲標的的知識，爲人類所帶來的災難。當快樂的問題牽涉到別人的時候，「學而時習之」可與「有朋自遠方來」連起來討論。這可以下期再深論。這期結尾，要再強調一下「習」的重要。

溫故而知新，可以爲師矣

學，是由別人的所知所行，去增進自己以前所不知或不能行的東西。「習」本是溫故。溫故可以讓我們將學得的知識技藝，由生疏到熟悉。庖丁解牛也是熟能生巧的表現。唯有對所學熟練到一個程度，才會由所學中從容體驗其樂趣。最大的樂趣之一，便是能由溫故而知新。

孔子說：「溫故而知新，可以爲師矣。」這很重要。沒有這一層，孔子便成了絕對復古派。有了這一層，孔子只是認識到創新的不易，但卻賦予創新者一種職責。另一方面，孔子也不願剝奪僅能學而不能創新的人學的樂趣。這與尼采的超人哲學不同。

有能力創新的，孔子以爲人師的職責相邀，把創新的快樂，由個人學習的獨樂，帶到與人爲善的衆樂。〈學而〉篇第二句「有朋自遠方來」的理路，也因此呼之欲出了。

接著我們談「有朋自遠方來，不亦樂乎？」這一條。

遠方朋友來訪果眞快樂嗎？

感恩節假期，開車到哈德遜河上游的紅鉤鎭訪友。晚餐酒酣耳熱之際，向同席的一對韓國夫婦與一對猶太夫婦請教：「什麼是快樂？」沒想到被問的人原本開懷的笑聲沒有了，每一個人都頓時沉重了起來。支支吾吾講出來的不是：爲甚麼他／她不那麼快樂，就是：沒想過這個問題。我還不死心，直接問主人我們來訪他快不快樂？他當然不會說不快樂，但可以看得出，回答得並不是那麼爽快。

想想自己的經驗，也不難了解主人矛盾的心情。對大部分的人而言，朋友雖然好，但有朋友來，不一定快樂，有時還挺麻煩。既然如此，孔子到底想說甚麼？

千古流落的朋友

談到快樂，孔子沒有說父子，沒有說君臣，沒有說夫婦，卻說朋友。可見朋友對快樂而言特別重要。

儒家被中國的帝王與帝王的奴才利用了幾千年。但是《論語》開章明義的「朋」論，卻很少被提及。很簡單，「朋」論無助於統治。

朋友關係的第一個特性就是去除權力從屬。雖然，細看孔子對孝道與政治的論述，也不是以權力或從屬為出發點，但當權的人很容易將君臣、父子、兄弟等導向從屬關係的方向去。走到極端，就連夫婦關係也給權力化了。朋友關係則不然。真朋友彼此是沒有高低可言的。但沒有高低可言的朋友與快樂何干？

遠近論

孔子講「自遠方來」是有深義的。

著名的社會學家費孝通先生，認為儒家與中國社會講「差序格局」。但若用費先生「差序格局」的架構來理解，「朋友」這一序挺麻煩。硬套費先生的理論，我們可以說朋友比親人遠些，但多遠呢？若有不只一個朋友怎麼辦？可能就因為這樣，費先生在《鄉土中國》的論述裡，對朋友關係並沒有深論。只用一個「私」字，一語帶過。

最大的問題不只是朋友在「差序格局」裡怎麼放，更重要的是，在遠近的方向上，費先生顛倒是非。《論語》講的是由近而遠，費先生卻硬說這是孔子自我中心的表現；在現實生活上，體現出來的是能由遠而近：「爲了自己可以犧牲家，爲了家可以犧牲黨，爲了黨可以犧牲國，爲了國可以犧牲天下。」

且不論費先生以「能近則近」所描述的中國社會現實，有幾分可信，孔子這個朝遠方走的理論方向，在《論語》首章這句：「有朋自遠方來，不亦樂乎？」不就點出來了嗎？孔子在《論語》說：「能近取譬，可謂仁之方也已。」本來是建議由親近的關係去學習仁的道理；「推己」則是朝遠方走，是不可爭的事實。費先生引用了《論語》這一句，卻對能近取譬的「譬」這個關鍵字視而不見。

遠與樂

遠與樂是連在一起的。

費孝通說對了一點，遠與近是相對的。但這不是儒家或中國的專利。費先生找個西方的上帝來爲團體與國家背書，其實也反映出了國家與團體，相對於上帝之愛的有限性。遠與近的問題當然不是費先生的重點。費先生將「團體格局」與「差序格局」相對待，對針砭當時中國的社會組織，有一定貢獻。但費先生糟蹋了孔子將遠與樂相連的用心則是不爭的事實。

如果以學習爲樂是一種邀約，「有朋自遠方來，不亦樂乎？」的樂則是一種挑戰。這挑戰是跨越時代的，它起碼牽涉兩層：一層是有朋自多遠而來？一層是樂。

就算在中國社會由以「血緣」與「地緣」爲主軸的社會關係，走向費先生所謂以「國家」爲主軸的「團體格局」，這一挑戰依舊新鮮如昔。孔子沒說多遠是夠遠了，但肯定不會以「血緣」或是「國家」這類的界限爲滿足。儒家雖然沒有在社會政治制度上，與物質資源上，保障中國在工業革命與帝國主義的波潮中，即時取得現世的勝利。但有朋自遠方來，仍是千年如一地敦促著世人，朝社會制度與個人能力的地平線外極目眺望。

單單遠，不足以回應孔子的挑戰。此一挑戰的重點更在「朋」，也在「樂」。

遠方來的，不是寇讎，不是芻狗。沒有血緣，沒有地緣，也不必然是同一國人。遠方來的是朋友。樂是自願的，勉強不得，僞裝不得。「不亦樂乎」成了一把量尺，衡量與「遠方」圓滿與否。若「遠」沒有明顯的界線，「樂」就成了無止境的大樂。

圓滿樂

若依〈學而〉篇的理路，孔子論圓滿樂是起於個人的爲樂而知，由知而樂，再以與衆皆樂爲承接。如此，個人的努力，個人的修行，得以安立，制度的安排也能找到評量的依歸。

向遠方推廣而出的樂，一個可能的結果，就是放下自我。這一點大乘佛教的菩薩道比孔子講得更精細。但若嚴肅面對孔子「有朋自遠方來，不亦樂乎？」的挑戰，大乘菩薩的願力正是這一挑戰的好答案。

對大多數人而言，面對孔子這一挑戰的法子不只一個。此世的人們沒有大菩薩的大願力，即使有現代的組織科技與物質條件作後盾，幾個朋友遠道來訪都可能苦不堪言，能與衆樂的程度實在有限。如此一來，西方人將一切交給上帝的速成法，也不無可取。無論能做多少，將自己交給上帝，與衆樂的障礙自然少了。再而求其次，用社會制度的軌約，讓社會大衆放掉部分自我，與衆樂的可能性也大大提升。

最後一項在現代社會雖最普遍，但作過火了，弊端也多。國家與社會制度都很容易有絕對的內外之分。內外的線一畫，社會我執常以遠來者爲寇讎，票面思維甚或帶來二次大戰歐洲的災難。認眞面對「有朋自遠方來，不亦樂乎？」的正道，反而是避免類似災難的人文防線。

孔子的快樂論，幾千年間，對多少讀過《論語》的人提出邀約，設下挑戰。孔子千年前的經驗對現代具體的社會組織幫助有限，但他的快樂論卻仍活生生地直接對現代人的日常生活發言。

君子之樂

僅就〈學而〉篇前兩句：「學而時習之不亦說乎？有朋自遠方來不亦樂乎？」容易讓人

誤認爲「快樂」必須仰賴他人善意的回應。但後一句「人不知而不慍，不亦君子乎？」正足以點醒此一誤解。要詳談「君子」之道牽扯太多，暫且略過。但可以談談「不依他」。

君子之樂不依他

「人不知而不慍，不亦君子乎？」是一種鼓勵，鼓勵人們能快樂而不依他。

「君子」在孔子的時代有其特定的政治意義，也有超越春秋時代的超時代意義。簡而言之，「君子」有做上等人的意思。上等，並不必意味以剝削其他人爲職志。只要成就上等的養分是每個人自足的，自然不牽涉剝削。

「不亦君子乎？」爲什麼是鼓勵呢？很簡單，因爲不是每個人都能在有生之年成就此上等人的境地。尤其難的是做到從心所欲，皆不退轉的境地。

每個人因氣質不同，現世的際遇各異，所以通達「樂」的路徑在初時不一定一樣。孔子對弟子常是因材施教，衆弟子的學習經歷有如《楞嚴經》所載，諸大菩薩與阿羅漢的修行心得一般多樣。然而，在衆多的學習路徑與個人氣質之前，凡不因他人不能了解自己所作的努力與成就，而不快樂的人，孔子一概用「君子」的敬稱，去稱許這高人一等的境界。換言之，孔子視這種不生氣的修爲，是超越各種路向的普遍成就。

「慍」是與「樂」相反的。能作到「不慍」就顯示由學習與交友所生的樂「較不易」退轉。能樂在其中，又不因人知與不知而退轉，不就是上等人才做得到的事嗎？

之所以要有這一鼓勵，正是因爲具體的學習與交友行動，都不可避免地會牽涉他人。牽涉他人，雖不表示快樂得依賴他人，卻不保證每個行動者都可以免除這種依賴。若有這種依賴，在無法得到他人的肯定時，難免會失落，或甚至生起氣憤之情。

免除對他人的依賴，並不表示一定免除社會性。

活著就是處於衆人之間

希臘人說「活著」就是「處於衆人之間」，「死了」就是「停止處於衆人之間」。當代政治哲學家漢那・亞倫認爲，希臘人這種說法，印證了人是政治動物。我卻認爲，這也爲人是社會動物作了個好注腳。姑且不論漢那・亞倫主張社會與政治領域是分開的，是否恰當。漢那亞倫在其成名作《人的條件》中，視對他人「發言」（Speech）爲政治行動所不可少的要素，但以下所要談的社會性雖以處於衆人之間爲起點，卻不必以「發言」爲要務。

學習的社會性

《論語》「學而時習之」的「學」，是學甚麼呢？南懷瑾先生說孔子要人們學的不是文章，而是做人的道理。我卻認爲除了做人的道理，只要是能朝向孔子快樂邀約前進的，都是可學的。果眞如此，學學文章學問又何妨？但無論是做人的道理，或是文章學問，有限的自我都得向先進先覺者學。此外，《論語》〈述而〉篇說「三人行必有我師焉，擇其善者而從之，其不善者而改之。」可見，孔子主張，即使不透過文字或先進先覺的直接教誨，我們還可以透過觀察他人行徑與自身的判斷力去學習。這種學習，甚至連文字都可免了。對孔子而言，教誨人的人或不免要使用文字語言，但由〈陽貨〉篇孔子對子貢「予欲無言」與「天何言哉」的當頭棒喝，更顯示對孔子而言，弟子與人師的教學活動，言說不一定是必要的。

無論是向先進先覺者學，或由他人行徑擇善者而從之，學習者都是觀察者、傾聽者、閱讀者與下判斷者，但不必然是發言者，甚至不必依賴語言。即便如此，學習卻不可能脫除社會性。

學習的社會性起碼有三個意思：一是學習牽涉三人以上的人際關係；二是學習得預設學習對象的可理解性，以及此對象與學習者之間的可溝通性；其三是以快樂爲目標的學習方向，與「溫故而知新」的創造性，都預設了康德所謂的「共感」（sensus communis）。限於篇幅，這回不對這三種社會性仔細討論。約略言之，三人以上的人際關係構成了齊默爾所討論的社會基本形式；以「社會世界」作爲可理解性的理論基礎，是許慈在韋伯與胡賽爾之後的重要貢獻；康德的「共感」雖被漢那・亞倫指爲康德政治哲學的典範基礎，但不以「發言」爲必要條件的「共感」，更能彰顯快樂與創造的社會性。

這三者可以被視爲學習之所以可能的構成條件，因此不必有歷史經驗的內容。若不具有歷史經驗內容，對個人而言就不牽涉「慍」與「不慍」的問題。然而孔子論學從來不從這麼抽象的構成要件入手。孔子常在眞存實感的生活經驗中點醒學生。

爲往聖繼絕學

若就構成要件而言，社會性若成立，就不需要再獨立地談「交友」的問題。但對循循善誘的孔子而言，由學習到交友，都是以日常生活經驗施教的好教材。「快樂」有多少，或能多持久，不是以「他人知我」為充分條件，而是以不斷挑戰我執，將快樂帶給他人為充分條件。「有朋自遠方來」不只挑戰空間上的界線，也是挑戰時間上的界線。對過去而言，這一挑戰具體而言就成了宋儒的「為往聖繼絕學」；尚友古人，快意之餘，怎麼可能在意古人不知我。對未來而言，不只是「為萬世開太平」，更是在日新創造中將快樂帶給未來的人。既是未來，我此世有限生命中的喜悅，又怎可能仰賴未來的人知我與否。

讀〈從欲望到需要〉

費孝通先生的《鄉土中國》是中國本土社會學的經典。每回讀這本小書，都覺得很慚愧。二十幾年的社會學訓練，對費先生洞察中國社會的功力，仍然覺得自嘆弗如。這回，與讀者分享重讀費先生在《鄉土中國》一篇〈從欲望到需要〉。

費氏說：「在鄉土社會人可以靠欲望去行事，而在現代社會中欲望不能做人們的指導了，發生『需要』，因之有『計畫』。」這句話，清楚地將鄉土與現代一分爲二，「現代」是依「需要」進行「計畫」的社會，而在「鄉土社會」則依欲望行事。費孝通先生不只批判中國的鄉土社會無計畫的特質，更批評古典經濟學家「看不見的手」是盲目的反動，是反現代的。雖然古典經濟學未必全對；藉著事後聰明，我們不難看出硬稱非計畫是鄉土社會所獨享，或認爲進入現代社會就是進入計畫經濟，是有商榷的餘地。

費先生所謂的「欲望」有兩層意思。在個人層面，「欲望」是個人行動（費先生也稱之爲行爲）的目標。依費先生的說法，人類行爲的過程是：欲望——緊張——動作——滿足——愉快。這一圖示可能不是費先生所專有，例如：行爲主義、功能論，都有類似的圖示。「欲望」的第二層意思很社會學。費先生認爲「欲望」不只是個人的決定，更是「文化事實」。「文化事實」其實就是「社會事實」。「文化事實」先於個人而存在，又對個人的行動方向有決定性。

涂爾幹不主張社會學研究者對「社會事實」的源頭作探討。費先生卻不以此爲滿足，在文中對「文化事實」的緣起略有討論。引用美國社會學與民俗學家孫末楠的主張，他認爲鄉土社會中人們的行爲先於思想，由行爲到欲望的圖示是：行爲——（錯誤經驗累積）——文化——欲望。費氏因此推出：「自覺的欲望是文化的命令。」這讓我想到，剛過世不久的美國社會學家科曼，在他生前的力作《社會理論的基礎》，主張個體行動與社會規範的關係圖示是：個人行動——規範——對個人的懲罰與對規範的順從。「命令」就是「懲罰與順從」的意思。

費氏又將文化事實（與作爲文化事實的欲望）分爲三類：一類是合於生存條件的；一類是不合生存條件的；第三類則是不合生存條件中「所謂眞善美之類」生存之外的價値標準。雖然費氏自覺到，第三類的文化事實，讓人類有別於動植物。但費先生還是認爲，歷史的法則只是社會達爾文主義所主張的「適者生存」。

對費氏而言，「需要」與「欲望」的差別，主要是如何面對「合生存條件」這個功能要求。「需要」是自覺的生存條件。「欲望」則是自覺的文化命令，不自覺的迎合生存條件。

費氏仰賴對功能論的信心，在《鄉土中國》一書最後，以〈從欲望到需要〉一文，豎起了「社會計畫」，與「計畫經濟」的大纛。費氏的功能論與社會（經濟）計畫的關係，大約可以這樣說：現代社會可以依功能論「從客觀地位去看一項行爲對於個人生存和社會完整上所發生的作用。」計畫之所以可能，所仰賴的是知識，以及由知識所得來的「時勢權力」（費先生以此，與鄉土社會的「長老權力」對比）。上面提到的「自覺的生存條件」並不是行動者直接的自覺，而是透過知識分析所得來的計畫基礎。對費氏而言，分析「功能」，是知識分析之所以能把生存條件變成自覺的社會學進路。

面對現代社會，是社會學興起的一個重要的歷史動力。二十世紀早期的社會學，常以二分法去探討現代社會的特殊性。只要有助於他的理論分析，費先生這樣的二分，原本無可厚非。但我們心知肚明的是，即使在中國，現代之前的社會也不可能完全沒有計畫。隨手舉一例。試想，現代之前中國的建築，如運河、長城，與其他著名的城池，沒有計畫如何可能？反之，現代社會的發展，未必全是計畫的產物。自由主義的市場經濟，甚至刻意的反計畫。社會主義國家市場化的趨勢，雖然未必是計畫經濟的全面破產，至少顯露過度計畫可能存在某些弊端。

費先生說對了一點。無論計畫與否，健康的現代社會發展，越來越仰賴知識引導，越來越不仰賴長老權力的引導。然而，當時費先生所謂的社會學新觀念「功能」，經過幾十年的社會學發展，已被大多數社會學家束諸高閣。這是學科的自然發展，舊理論的缺陷，加上新理論的潮流所致，並不能掩蓋費先生提醒鄉土社會的人們依知識超越傳統的苦心。

除了社會計畫不應由現代社會所獨占，反之，文化命令對人們日常生活的影響，也不應該由鄉土社會所獨占。凡是人類社會，費氏所謂的文化命令，是不可能由日常生活中完全退位的。

費氏強調的社會達爾文主義，若以近代中國知識分子在帝國主義環視下，被激起的「救亡圖存」之心看待，是很值得同情的。然而，要將文化命令限制在合於生存條件與否的框架下檢視，無論中外，都是說不通的。

最後，我覺得對需要與欲望的討論，若跳出費先生的定義，可以讓我們看到更多。需要與生存，是對我以前所說過的社會我執不可避免的考量。欲望不只是依文化的命令行事。例如，「我欲仁斯仁至矣」的「欲」，是有意識的行事，卻不必依文化的命令行事：不只屬於傳統，也不只屬於現代，卻的確是屬於人類社會。功能論考量生存的問題，首先要定義「整體」。法國哲學家拉分納斯說得好：「需要」追尋的是內部的滿足；「欲望」永遠無法被滿足，卻是超越自我中心的。我欲仁的欲望，正是這種走向他人的欲望。

從《論語》看《詩經》

先前我說要談談《詩經》，要學的東西很多，一直沒有機會做。現在先就《論語》來談一談《詩經》。

興於詩

在孔子所傳述的諸多經典中，《詩經》是最早被孔子提及的文字學習科目。《論語》〈泰伯〉篇，孔子更明白地說：「興於詩，立於禮，成於樂。」〈季氏〉篇，陳亢問孔子的兒子伯魚，孔子都教他些什麼，伯魚第一個提到的學習科目也是《詩經》。

孔子在《論語》以「學而時習之」開宗明義。但《論語》中又一再提醒人們，文字言說並非所學的根本。文字言說的學習是在「親仁」的日常實踐之餘，「行有餘力」才去做的。或因爲對文字障的小心態度，孔子雖以《詩經》作爲文字學習的首要科目，但弔詭的是，《詩經》的訓練要點之一，卻是要學習者能超越表面的文字言說。

超越言說的文字教育：告諸往而知來者

孔子在〈學而〉篇與子貢的問答中，間接提到談論《詩經》的條件之一，是能「告諸往而知來者」。換言之，就是要能舉一反三，不受文字言說的限制。

詩歌言簡意賅。所以，弦外之音，往往比言說的部分更值得推敲。沒有能力去發明言外之意，老師自然沒有辦法有效地教學。

發明言外之意，可以靠學習來增進。能舉一反三只是學習的開端。所以，孔子對子貢說：因爲你能舉一反三，可以「開始」跟你談論《詩經》了；而不是說：你可以讀下一本經典去了。這裡，熟悉經典的內容與討論其含意，是學習的兩個步驟。先知道內容，才有資格談。子貢若不是先已記得了「如切如磋，如琢如磨」，也不可能會在與孔子的對談中應用出這個句子。

超越老師的權威：「起予者商」

當孔子講「始可與言詩」的時候，所期待的不只是由老師到弟子的單向教學，而更是師生間的雙向討論。這可以從〈八佾〉篇中孔子對子夏的稱許看出。

當孔子對子夏說「始可與言詩已矣」的時候，不只是稱許而已，孔子甚至認爲，子夏在問答中所引出的道理，對他自己也有所啓發。換言之，在孔子理想的詩教中，弟子要學的不只是超越文字本身，也要學如何在問答中發明老師所未發，以對義理自主的實質創見，超越師生關係中老師知識上的權威。而此一超越，也只是討論《詩經》的開端。

以上所說的，超越文字字面的意思，以及超越老師單向的知識權威，都只是學習詩的基本原則。在這些原則下，對詩的學習，在當時是很有實用性的。

生活世界的百科

孔子在〈陽貨〉篇說學習《詩經》可以有各種用途：「可以興，可以觀，可以群，可以怨。邇之事父，遠之事君；多識於鳥獸虫魚之名。」詩的文字簡潔優美，當時甚至有曲調可以搭配，情感發抒，認識事物，與人交流，表達哀怨，都可以借用詩文去進行。對人事遠近，與自然種種，也都可以從詩文中學到。

柏拉圖《理想國》崇尚的是哲人政治，孔子在《論語》中則強調詩教與政事是不可分的。〈先進〉篇，孔子提到，若不能通曉政事，詩學得再多也沒用。現在看起來，這應與孔子當時的政治環境有關。

孔子也曾在〈陽貨〉篇訓誨他自己的小孩，對男女之愛，娶妻成家之類的詩文，一定要好好揣摩，否則就像面對著一堵牆，把人生的視線全給擋住了。換言之，雖然詩教所傳所學的內容，是當時生活世界的小百科，但詩卻比現代的百科全書更重視與深入生活世界的情感層面。

值得注意的是《詩經》以男女之愛發端，以讚美商朝的歌舞〈商頌〉作結，竟篇沒有英雄，沒有神話。如何與西方的史詩相對照，以發掘這種結構的深層意涵，是下一階段可做的工作。

《詩經》的眞善美：思無邪

孔子要衆弟子學詩，但當時流傳的詩，據說有三千多首。孔子六十九歲由衛國回到魯國，才將當時流傳的詩選了三百多首，編爲近於現代版的《詩經》。現在流傳的《魯論語》，直接間接提到十一次孔子與詩教有關的語錄，其中起碼有兩處直接引到未被孔子收入《詩經》定本的逸詩。

孔子對編修《詩經》的原則，在《論語》〈爲政〉篇有一個總結：「思無邪。」這是孔子從他家鄉的詩選〈魯頌〉所借用的句子。由這個總結，可見孔子爲自己修《詩經》立下眞、善、美的目標。

宋朝的理學家認爲「思無邪」就是《中庸》所謂的「誠」。誠就是眞。自然的眞實與人文的眞情相互輝映才能誠。《大學》所謂的物格、知至，而後意誠，與孔子的詩教應是相通的。霍克海默與阿多諾在《啓蒙辯證》宣揚的「反省」，與「貞定的否定」，應該也和《詩經》這種眞實與眞情的輝映是相通的。

除了眞，「無邪」也就無惡。因此，由孔子所編的《詩經》，我們應可以探尋他心目中所稱許的善。這一善道是不是與牟宗三先生《圓善論》所欲證成的圓善？以「無邪」爲善，是否可以消解康德「德福相稱」的問題，或免去太史公〈伯夷列傳〉中「儻所謂天道，是耶非耶？」的疑問？値得推敲。

雖然孔子沒有直接討論詩的美學。但，美是詩的本質之一。康德所謂「溝通自由與自然之兩界」的判斷，是不是接近孔子在修《詩經》時所立的目標呢？——這不是我發問的結束，而是開端。

輯三

現觀邊緣

人是走向死亡的存有，也是社會的存有。
走向死亡不是人類的特權，
在人類社會中面對自己有限的人生，
才是我們所特有的。聽起來很抽象，
但在試著將走前的牽掛放下時，
無論心理上準備妥當與否，
這兩種存有都活生生地迎面而來。

現觀邊緣——二〇〇三

您準備好了嗎？

人出生，自己似乎不需要準備什麼。人往生，眞有時間準備，您會準備些什麼呢？準備好了嗎？

SARS 來襲，讓生於現代社會的人們籠罩在少有的瘟疫陰影之下。如何防疫？若不幸染上，如何處理？若一病不起，可有準備？還是同樣的問題：您準備好了嗎？

對許多人而言，SARS、瘟疫與死亡可能只是見聞中的「眞實故事」。現代社會資訊的傳播，讓SARS 這樣的「眞實故事」快速成爲日常生活經驗的一部分。

報章、雜誌、網路本來就經常地在日常生活以數字資訊提示著股票漲跌、選舉結果、民意走向。在SARS 來襲的時候，數字資訊成爲用來報導其散布與嚴重性的工具。對數字不太有反應的人，也不會被冷落。報導中的大小故事，事件的來龍去脈，雖然沒有幾個人眞能弄清，但絕對是多到讓人不可輕意忽略這來勢洶洶的一襲。

雖然如此，SARS 對每個人日常生活而言有多少「眞實」，又有多少「故事」，仍因人而異。

SARS 的眞實當然不只有病與癒，或生與死。對研究流行病的人，發現解藥，控制SARS

傳播，是貨眞價實的挑戰。對醉心於生物戰的瘋子，這可能是前所未有的大勝利。對生意人，這可能是發財的好機會，也可能是破財的大危機。對日常生活中的人們，SARS 的眞實性則是到那去買口罩？買那一種？該不該出門？該不該到那兒去？要如何增進免疫力？什麼時候才不用這麼麻煩？

對遠離疫區，不出門旅遊，又沒有親友身陷疫區的人，SARS 可能是值得同情與關心的。但當人們住得與疫區越近，有親友進出疫區，或常有機會面對與疫區接近的人，SARS 就越不可能只被視爲眞實「故事」。若在被隔離之列，或親友感染，或自身感染，這就在事實上成了自己的故事。眞實的結局如何，像社會人生許多其他的事，雖多不奇特，但卻是獨特而不可完全預測的。

SARS 雖不只是病與死，然而SARS 動人心弦的主因之一，正與其作爲瘟疫本質的病與死密不可分。

病與死本是人生所必經，但SARS 將其「眞實」性朗現在前。對大多數人而言，病與死的眞實性像兒時暑假開始時的暑假作業，可以暫時擱下不管。SARS 讓許多仍沉醉在初夏快意中的心，驚覺初秋繳卷之日其實不遠。由病至死其實隨時就在您的身側。

除了大覺者或瘋子，沒有多少人眞能把生命走向死亡的「事實」，如其所如地以「事實」呈現在日常生活感知的地平線上。如何「活」，占去人們生活世界大部分的視野。SARS 不是唯一會叩您心門，提醒您夏季將過，秋冬將至的信使。您都注意到了嗎？您準備好了嗎？

面對死亡

在被告知是肺癌第四期後，同事要我作最壞的打算，應該要安排好一切我可能掛心的事。例如，我走後家裡的經濟會不會出問題，家人是否有居留的問題。最好是在還有意識的時候寫好遺囑，以免萬一妻子也隨我而去，姊妹們無法得到理想的監護，美國政府屆時介入，姊妹因此將被拆散。財產的繼承若不處理好，到時候也會有許多糾紛，弄不好又被美國政府給收歸國有。好意提醒我這些問題的是位發展心理學家，他還提醒我必須要與兩個女兒好好談一談，以免女兒們會錯認爲她們做錯了甚麼事，才受到父親離去的懲罰，影響她們一生的人格發展。

如今四個月過去了，這些事大多還沒做。

婚後，與政府打交道的事，大多交給美珍去辦。寫遺囑與處理子女監護的事，似乎也可以交給她。結婚快二十年，向來是左手進右手出。物質條件的改善，只反映我倆每月所得的增加，以及隨所得增加而被容許的負債增加，沒有積蓄需要煩惱。經濟的擔子，我走了，還是只能交給她。

慚愧之餘，唯一可能做的，應該是與女兒們好好談一談。但不知從何說起。

小女兒還沒過六歲生日前，爲我大致解決了她的部分。在我進出醫院幾次後，她來臥房畫了一張卡片，寫著：「爹地，我希望你能變好，但我什麼也不能做。我愛你。」

上高中的大女兒，每天被功課與課外活動壓得透不過氣來，不忍心再給她增加額外的負擔。對她，我總是企圖站在一旁提供實質的幫助，儘量減少對她的干預與說教，也很少對彼此日常所作所為有直接的溝通互動。絕症在身，面對她，似乎像以往出門參加會議的心情一樣，等到不得已時，從女兒的日常活動中無聲無息地消失便成了。她應不會為我牽掛什麼吧？一枝草一點露，她應會走出她自己的路。只是，她會快樂嗎？

去面對死亡，還是與去開會不一樣。走前是應與她好好談一談。不是為了顧慮她對失去父親有罪惡感，只是想應該與她好好話別，找機會重複一次幾年前說過的：「中國的父母不會像西方人那樣把『我愛你』掛在嘴邊，但我是愛你的。」

前些日子，終於很刻意地與她讀了些《論語》。雖然只讀了〈學而篇〉一段的前兩句，但一想到或許她有一天真能體會孔子「學是學此樂，樂是樂此學」的邀約，就安慰些了。或許她也能在妹妹長大後教教妹妹這一段。

人是走向死亡的存有，也是社會的存有。走向死亡不是人類的特權，在人類社會中面對自己有限的人生，才是我們所特有的。聽起來很抽象，但在試著將走前的牽掛放下時，無論心理上準備妥當與否，這兩種存有都活生生地迎面而來。

生命樹

《易傳》說：「天地之大德曰生。」佛教不這麼看，但創生是耶和華從《聖經》的開場就顯現的神格。

耶和華創造天地的第六天，從塵土中創造了亞當，放亞當在伊甸園，園中有各樣的樹，又有生命樹與可分別善惡的知識樹。神與亞當立約，准他吃園中所有的果子，包括生命之樹的果子，但不可以吃分別善惡樹上的果子，吃的代價是死。神由男人的肋骨創造了女人以免男人獨居，誰知道神所創造的蛇引誘女人背棄男人與神所立的約，男人又從了女人，都吃了知善惡的果子。異化的過程至此不可反轉。人有了原罪。

喝了一口水，壓下我的乾咳，繼續對家訪牧師說：「從此，耶和華說人的命運是來自塵土歸於塵土，耶和華不僅將人趕出伊甸園，其後更『在伊甸園的東邊安設基路伯，和四面轉動發火燄的劍，要把守生命樹的道路』。由此可見，耶和華自此是不許人擁有永生的。但《新約》之後卻將獲得永生作爲信耶穌最重要的盼望之一。」我說：「反之，正視人有限生命的儒家，卻與《創世紀》耶和華的教訓暗合，不逾越本分去奢望由生命樹得永生。」家訪的牧師不認爲吃禁果是耶和華創造天地第六天所發生的，也對將女人視爲人與耶和華異化的過程有意見……話題就扯開了。

好不容易拉回儒家的話題。我提到，在大化流行中，儒家講的生命是有限而可無限的，個體在走向無限時，蒸發在無限中，沒有個體永生的執著。牧師說，信教前不能了解爲什麼「天行健君子以自強不息」，儒家講得很無力，不管用。信教後才了解什麼是善，爲甚麼要行善。我回了一句：「這差別只是您要靠個權威吧。」想起《法華經》各種譬喻，後悔自己話說得重了。權威若是救渡的方便，讓他依靠權威走一段路又何妨。《華嚴經》普賢菩薩的第九大願「恆順衆生」，在這小小的試煉中，竟就顯得如此不易。

我問牧師：「人爲什麼生？」他答道：「榮耀主。……」雖不出我意料，但是在我病後大哥帶到家裡的幾輪基督教友中，這牧師是回答得最爽快的。不愧是全職的傳教人。

牧師走後，想起他說：「蛇這件事《聖經》後面會有徹底的解決。」翻開〈啓示錄〉被稱爲魔鬼的蛇最後被扔到那火湖中「與假先知晝夜受苦，直到永永遠遠。」看來蛇終究是沒死徹底，不像名字沒有記錄在生命冊上的人，得在火湖裡受第二次的死亡。

〈啓示錄〉最後一章，約翰見證：信的終將得到生命樹下的生命水。吃了知善惡的果子的後代，在《聖經》敘述裡，終舊還是不放過那生命樹。只是耶和華在此見證中卻是無言的留白。

天不生□□，萬古如長夜！

社會生活

前期說人的特權是「在人類社會中面對自己有限的人生」時，我想到的社會是涂爾幹：先於個人對個人的行爲有限制性的社會事實；是齊默爾：三人以上才出現的關係原型；是馬克斯：作爲生產力進化中異化的類的存有；是韋伯的：社會行動……無論如何，我並沒有想到如何由基督教導出社會生活。猶太社會思想家漢那・亞倫博士論文《愛與聖奧古斯丁》的末章，以〈社會生活〉爲題，講的不是學社會學的人所熟知的社會生活，而是由奧古斯丁在基督教思維下所引出的社會生活。漢那・亞倫推崇奧氏爲羅馬所產生的唯一哲人，其對社會生活的論述充滿了數學邏輯的趣味。摘要如下：

奧古斯丁認爲社會生活的可能性建立在「信」上。

對信基督的人而言，社會不是建立在俗世已有的事物上，而是建築在特定的可能性上。對信仰者而言，此世人類最基進的可能性是將所有其他人變成信仰的同路人。

這種對未來的信心，建立在兩個因信仰而來的歷史「事實」上：人類世界的源頭是亞當的原罪或亞當與神的分離。這個歷史「事實」讓所有人成爲同享原罪的親屬。亞當的原罪在每個人出生的時候便被如其所如地，一代一代地複製。第二個歷史「事實」是基督爲世人贖罪。基督的血是爲所有世人的罪流的，透過信仰基督，所有世人都可以獲得拯救。經由這第二個事實，人類同享原罪與走向死亡的平等，被轉化成救恩的平等。

基於第一個歷史「事實」。人類社會不是源自造物者而是源自亞當。在人造的社會中，代代相傳，社會生活是被歷史習慣所決定，人與人間是相互依賴的關係。但是第二個歷史「事實」讓信徒認識，屬於人類的成員不再是最具決定性的事，死亡不再是所有生命不可避免的詛咒，因爲對信基督的人，死亡可以是對好人的救贖。

在基督出現後，社會生活中的互愛取代了基督出現前的互賴。互愛是信徒在信仰下認清自己從而認清所有其他人時，所產生的兄弟愛。此一兄弟愛在基督信仰下實際預設了上帝愛（caritas）的必然性。人類都可以經由基督獲得救贖，所以救贖不再是人類的危機，而是每一個獨立個體的危機。弔詭的是若還有人未信基督，人的原罪便仍在此世複製，未能洗盡。換言之，對信徒而言，救贖仰仗的是以愛對世界的征服，所以，奧氏說：「如果你將要愛基督，將你們的上帝愛（caritas）擴張到全世。」

社會生活因此有兩層：此世的社區只能談人類的存有，不能掌握個人。然而基督之後，信徒間接地透過神的愛去愛世人，卻容許人與人彼此在上帝面前掌握對方整個個體的存有。

道與魔

家訪牧師知到我要去密西根州找氣功師父治肺癌，請美珍的大哥帶來一本梁燕城先生的《道與魔》。我猜是怕我碰到邪靈。

在《聖經》裡「氣」就是靈。時下的基督教傳教人，主張不是聖靈就是邪靈。梁燕城先生早年自己練氣修佛。據其自述，修到魔境叢生。皈依基督教以後，自許要將基督教的種子撒在中國的土地上，也奉主耶穌的名為人捉鬼降魔。無論是自己見鬼見魔，還是為人捉妖降魔，梁先生求道之路上的魔緣的確是比一般人要深厚。

為排解等待我氣功治療的空檔，美珍帶了高行健的《靈山》，一路上一邊看一邊向我抱怨高行健先生在書中對女性求愛的描寫太露骨，頗有藐視女性的傾向。我想他男性的偏見是有的，但那是中國男人渴望女性主動的被侵略欲望，是一種自卑的偏見，我戴著男人的眼鏡，看不到太多對女性的藐視。這一路翻著《靈山》，我好奇的不是書中對男女的描寫，而是依梁先生的高見，高行健先生是寫了一本《(聖)靈山》還是《(邪)靈山》。

我想梁先生戴著基督教的眼鏡，多半會認為高先生寫的不是《(聖)靈山》。何以見得？因為書中沒有奉主耶穌的名，沒有上帝的話語。在《靈山》中複習到早已丟諸腦後的女媧神話，想起中國讀書人並不當真的創世神話中，最早的人是女人形象的女媧造的。雖然中國人並不把女媧當神來拜，但高先生此舉必被梁先生視爲邪說。因爲《聖經》〈創世紀〉不是這麼說的。若不照〈創世紀〉的說法，我們就不是亞當的後代，也沒有與神立約。《靈山》中有人，有僧人、巫師、道士、廟宇、道觀……就是沒有基督徒，沒有教堂，沒有《聖經》。依照梁先生的基督教邏輯，《靈山》若有靈，必是邪靈。要不就是連靈都沒有，只是土山。依梁先生的邏輯，可能不只靈山沒有聖靈，所有非基督教文明的異端，中國、印度、埃及……全是邪靈的天下。

梁先生曾說自己多愛中國，到阿里山頭，或偷偷越過還沒開放的大陸邊界，去抓一把故國的土壤，以解心中的鄉愁。他眞認爲這幾千年幾萬年在這土壤上生長的只是邪靈的後代，等待他把基督教的種子撒下才有救贖的希望？

放開梁先生的眼鏡，放下基督教主流的意見，依〈創世紀〉的記載，上帝造人的時候給人的氣，並沒有分聖與邪。這兩天在一連串的氣功治療下，心中也沒有分聖與邪的念頭。只想著：高行健先生拜訪靈山之後肺癌消失了，靈山的文字得以見諸於世，得到諾貝爾獎的肯定。我在美國汽車工業城邊，接受日本氣功師灌的氣，是否也能讓我的肺癌逆轉，再讓我有機會想一想那聖與邪的道理？

師友

得病以來，除了親人以外，衆師友的溫馨支持，讓我對抗病魔的士氣增加不少。從美國東岸到西岸，從台灣、香港到北京，許多失聯頗久的師友反而因這一場病重新取得聯絡。雖然不知道病是否可以痊癒，但能在此時重溫舊緣，卻是額外的收穫。

在台灣受教育的這一代，印象中的中國向來是講究尊師重道的。「老師」在台灣曾是頗有社會聲望的一層。這可以從台灣社會學家對職業分類所作的社會聲望調查中印證這一社會事實。但這似乎並不能推廣到其他社會。在美國，教師，尤其是中小學的教師，社會聲望就不像台灣這麼理想。我對教師在大陸的聲望欠研究，但由曾在文化大革命期間擔任教師的大陸同學所作的轉述，可對教師在中國文革中所受的苦難與羞辱略窺一二。希望他（她）們現在過得比過去有尊嚴些。香港似乎是在美中台之間。沒聽說香港對老師有任何直接的迫害，香港教師的待遇也比台灣教師好得多。但可能受西方影響較深，師生關係卻不像台灣那麼嚴肅。例如最近兩位十幾年前上過課的香港哲學教授，輾轉得知我生病的消息，來信以朋友相稱，爲我加油打氣，這是台灣的師生關係中很少見的。讓我感動不已。

師道在中國往前推能推到甚麼時候其實也還待研究。最近在讀《詩經》，希望從中找尋中國文明早期社會世界的蛛絲馬跡。我才發現《詩經》中有談論男女、夫婦、親子、朋友、君民

〈君臣〉、戰士的詩，就是沒有談師生之情的詩。難怪有人說老師在中國，是孔子這些沒落貴族當時自創的一門新行業。若果眞如此，翻翻這行創立千年之後中國人所寫的唐詩，所碰觸到的仍是男女、夫婦、親子、朋友、君臣、戰士。但唐朝已有韓愈為教師所寫的職業經典〈師說〉，「師者，所以傳道、授業、解惑也。」「弟子不必不如師，師不必賢於弟子。聞道有先後，術業有專攻，如是而已。」之類的名句，傳誦千古。雖說韓愈是在師道衰敗之際提倡健康的師道，老師在唐朝的日常生活應已不可能缺席。《唐詩三百首》少論師生，或許只是以師生相見缺少眞情，所以詩人寧談友情，不談師生。

其實孔子說：「三人行，必有我師。」更何況是朋友。朋友可以為師，師又何嘗不能為友？為人師的，要能「溫故而知新」，學生找老師則應是「無貴、無賤、無長、無少，道之所存，師之所存也。」這與佛家「依法不依人」異曲同功。但人與人日常相見，卻還是落在情分上，當朋友比當師生親近眞實得多。

乍聞舊日授業師以朋友相稱，驚醒十數年後的今日，自己也要面對學生，乘機跨越時空略尋師友之道，聊以自省罷了。

克爾特的五十自述

在寞地生十年交往的各國友人不可謂少，但終能成爲社會學專業之外，生活上摯友的非中國人卻不多。克爾特・包曼是少數的幾位之一。

病後克爾特不時與我聯絡，偶爾也由華盛頓北上來看我。上週克爾特再度來訪，相約陪我去做氣功治療之後，一起在曼哈頓金鋼山韓國餐廳用午餐。路上才知道他特別北上爲自己慶祝五十大壽。我向來不記朋友的生日，但若在事前知道，且就在身邊，一定會想法子爲友人慶祝。但當日我中飯後要趕去密西根，實在沒有時間去找禮物，在飯桌上突發奇想，以一問相贈。我問他：「人生下來是爲什麼？」

他沒有直接回答我的問題。他說他曾在高中畢業之後，一次到印度的獨自旅行中生出大疑團，覺得自己的渺小與無力。在恐懼與驚嚇之餘，他也嘗試過頹廢與藥物，但都無濟於事。許多年後，他發現，任何一個個體的存在或許沒有太大的意義，但人類整體持續的存在似乎是很有意義的。因此這一疑團得以放下。我說這個觀察很有意思，但：「人生下來是爲了什麼呢？」

他承認自己的回答沒有就題。再一次的嘗試中，他說他喜歡一個存在主義式的答案：人生下來沒有意義，但人終其一生在創造意義。我對他這個答案感到驚喜。我說起碼這句話的後半是儒家所追求的。這時我才坦承自己在發問時，本來是要看一看受較多基督教影響的他，是否能給我一個非傳教士的，純基督教與西方文明薰陶下的答案。沒想到他的答案不是一般傳教士所琅琅上口的「榮耀上帝」，卻是如此與儒家相通。——雖然這個答案並不排斥某些人以「榮耀上帝」爲職志——我說儒家在我生命的探求中，與我是最有親近性的，但我渴望知道其他異類的養分。於是我用自己一知半解的佛教觀點與其交換意見。

當我提到認識佛家緣起性空可以四聖諦的苦諦入手。克爾特用挑戰式的口吻讓我講講看他的生活中有何爲苦。我只含混的就生死，說壞苦。並以他最親愛的家人略說以佛家看這一切皆可是過眼雲煙，但若一切落到空的一邊，他年輕時的恐懼可能再次回來困擾他。我說我還沒有悟道，所以無法完全的去除我執。雖然曾發願如此，但無法在當下清晰地掌握他爲何而苦，爲何而樂，便是我執未除的明證。若我執未除，依佛家的觀點，是無法眞能去苦得道的。克爾特提醒我別走得太遠，應該想一想我這些想法如何可以從我最熟悉的社會學中有一轉出，貢獻可能較可預期。我承認現在在美國所做的工作並不能讓我對此暢所欲言，唯一能有機會碰觸這類問題的場地是在《明報》上兩週一次的小方塊。只是尚不知此生來日還有多少？剛過四十與五十歲的相談，只是想看一看五十歲的美國友人如何知天命，或許我應再找六十與七十的友人相詢他們的生命經驗，即使活不了這麼久，過過乾癮也好。

閒談莫論人非

年少時與友人相聚常免不了臧否人物，論人是非。近年與友人聚少離多，工作之後，學生與同事能暢所欲言的對象也不多，不知舊習去了多少。然而，近來在工作上每遇挫折，仍會與學生同事抱怨他人，看到報上報導政壇上的跳梁小丑，張牙舞爪，也還會忍不住與親人議論一番，看來我多半是積習未改，不過較少有機會發揮罷了。

在東海大學念研究所，讀到法國年鑑學派主張以長期為視野，反對事件史，更反對臧否當下人物的是非。這樣的史觀對作學問，很有幫助。雖然社會學家未必常需要直接觸及通古今之變的工作，但練習掌握長時間與大空間的視點，可以幫助陶冶預備知識，避免目光如豆的毛病。可是在日常生活中，常以數百年數千年為視點談何容易。光是獲取所需的知識就是個大工程，更別說用這樣的觀點與朋友交談，常會弄得牛頭不對馬嘴。

學生時代為改掉閒談閒論人是非的惡習，常往來的友人，我會建議以讀書討論為樂。茶餘飯後，讓話題繞著書本，的確可以收到論理不論人的效果。不管作者是今人還是古人，只要選的書不差，總是會讓大家盡興而歸。宋儒朱熹所謂：「問渠哪得清如許？為有源頭活水來。」的確不假。可惜工作以後，能共同讀書的對象反而難找。同事學生讀書討論都是為了「拿學位」、「作研究」、「出版」、「找經費」。生活現實如此，本也無可厚非，但總覺得少了些什麼。唯一仍可以回味那種「清如許」感受的時刻，是自己沒效率地在書桌前翻東翻西的看雜書，寫雜文的時刻。可是無論「清如許」與否，都是藉由他力去控制，沒法根本解決好論人是非的問題。

想來要除去這個毛病得下大決心，直接去面對自己論人是非的習氣。換言之，爲自己立個戒去守它，守久了或許可以改進。上回美珍母親來美過中秋，去莊嚴寺一遊，拿回一本道源老法師講述的《在家菩薩戒本釋義》，其中六個重戒中與言語過錯直接有關的占了兩個：大妄語戒與說四衆過戒。道源法師解釋，除了沒得悟的自稱得悟是犯大妄語戒，平常亂說假話，若不是出於救衆生的用心而說，都是犯戒。說四衆過在道源法師解說中本來不包括說一般人與非信徒的是非。但以理類推，說四衆之外他人的過錯，何嘗不可視爲戒法的一部分？這問題得就教佛教方家以求甚解。

閒談莫論人非，由「三人行必有我師焉，擇其善者而從之，其不善者而改之」看可能最貼切。只要我們別以忙著討論別人的過錯爲滿足，無論別人是不是有過錯，想想自己如何學習別人的好行爲，如何不犯別人所犯的過錯，觀看別人是非的習慣可被轉換成自己向上的源頭活水。

後婚姻文化迷思

剛轉到紐約大學的學弟愛倫，常到家裡來閒聊社會學。爲免除彼此因閒談而牽扯學界沒必要的人事是非，我建議找些書來讀。因爲我們都學家庭社會學，找來的第一本書是芝加哥大學社會系教授琳達・魏，與美國價值研究所婚姻組的組長馬姬・加勒格合著的《論婚姻》（*The Case for Marriage*）。愛倫在推薦這本書時，盛讚作者的獨到見解，又說魏氏對婚姻的論述目前無人能出其右。於是我放棄自己建議的書目，到哥大旁的迷宮書店找到這本書。閱後對書中捍衛保守主義價值的斧鑿痕跡不禁大皺眉頭。

這本書主張美國有一股建立在一系列迷思之上的後婚姻文化正漸盛行。此一文化視婚姻爲可以選擇要與不要的東西。結婚不再是大家所共同認定的必然歸宿，反之，結婚變成具有私人性質，依個人品味而定的事。相對於這種潮流，《論婚姻》一書主張：婚姻不只是夫妻兩人的事，而是社會所應共同關懷的事，這樣才能促使婚姻對社會與個人的正向功能得以發揮出來。全書將婚姻沒落的原因歸諸專家學者的誤導。爲了要糾正這種歪風，全書遍數婚姻對男女雙方在性愛、快樂指數、心理與生理健康、壽命延長、物質所得、小孩教養等各方面的好處。既然有這麼許多好處，在魏氏與加勒格看來，不視婚姻爲必要歸宿的論調必是迷思。文中具體條列的後婚姻文化迷思有五項：

迷思之一：當婚姻變得不快樂時，離婚是對小孩最好的答案。

迷思之二：結婚最主要是爲了小孩。如果沒有小孩，無論是同居、結婚或單身都沒什麼差別。

迷思之三：婚姻可能對男人有好處，但對女人是有害的。因爲婚姻會損害女性的健康與自我評價，還會限制她們的自我發展機會。

迷思之四：提倡婚姻與婚姻的義務會讓婦女陷於家庭暴力的危險中。

迷思之五：婚姻基本上是私人性質的，兩個成人心心相印的事。其間沒有任何外人可以介入，甚至婚姻中的小孩也不可以。

不幸的是，書上的論證混淆著：作者（或美國價值研究所）要提倡的價值立場、用以否定以上五種論調的事實證據、對大多數人態度與選擇的客觀測量，以及對婚姻如何產生正向功能的邏輯論述等四種不同的立論基礎。這些混淆雖然增強了全書的價值宣導效果，卻有欺世之嫌。

回想當初勸父母各退幾步不要離婚，讓我們的家可以維持完整時，多麼想要眞實世界就像《論婚姻》所期待的那樣去運行。然而，作爲一個科學工作者，在父母離異這麼多年後，我只是好奇，在中港台這幾個現代華人社會中，什麼是婚姻的實情，什麼又是婚姻的迷思？只想像法國已故社會學家雷蒙・阿宏那樣：「不哭不笑，只是觀察。」

名人之死

名人過世我往往是後知後覺。但這回我沒有漏掉蔣中正夫人宋美齡女士過世的消息。不是因爲同在大紐約區，只是因爲無論你看哪一路繁體網路新聞，宋美齡女士過世的消息都不太容易漏掉。這讓我想起最近又被重提的英妃戴安娜之死。即使不在英、法國內，也不住英國殖民地，有多少人會漏掉戴妃的死訊？反之，雖在同一個學校工作，但獲知文學批評家薩依德與社會學家默頓過世的消息就沒有那麼快。除了親友的死訊，傳播媒體往往承擔了通報名人死訊的主要角色。死訊傳播的快慢與遠近或許是衡量名人出名程度的一把尺。只是誰有權決定尺上的刻度？

錢鍾書編《宋詩選註》時把文天祥的〈正氣歌〉給剔除在外，是對文天祥的漢人價値不苟同？還是在亂世中識時務的妥協？在楊絳女士寫的回憶錄《我們仨》中看不出。但〈正氣歌〉中的名句「人生自古誰無死」卻是中文世界耳熟能詳的句子。連主張去中國化的民進黨高官也能在媒體前琅琅上口。文天祥不識時務，但求的是一個歷史責任。爲他所認同的（士人傳統？）負責。無論你認同文氏的價値與否，數百年後，文天祥之死仍是個名人之死。

在歷史的長流上看名人，成名是時間的沉澱與試煉，有英名也有臭名。但成名與否，或是否能成就英名不只是靠活著的時候的權力就可以成事。史家的研究與評論可以是助力，但歷史人物會在不同時空受到重新評價。誠如傅柯所說的：所有的歷史都是當代史。而代與代之間的意義結構可能是斷裂不相屬的。所以，很多日後的評價並不是當事人可完全預料得到的。雖然如此，要想勸阻有權力的人不用權力去影響自己的歷史評價，是天方夜譚。

現代社會究竟比以前多元。成名的管道與機會比古代要多得多。新聞記者找素材，固然是成名的觸媒之一，各種生活與工作的場域都可能有出名的機會。諾貝爾、奧斯卡，各種數不完的大小獎項，令人眼花。各類「誰是誰」的編輯，除了提供大眾所需的資訊，也提供商人賺錢的機會。看來以後史家對當代的大小名人定位將會更有料了。

錢鍾書曾對楊絳女士說：「有名氣就是多些不相知的人」，多一些相知的人比成名更實惠。但就像錢氏寫〈管錐篇〉，用最艱澀的文言文寫，初版用繁體字編排，目的是要讓當代的政治小將看不懂。錢氏求的相知之人可以在千里外，在百年後。

現代社會多數人可以有上萬個觀看名人死亡的日子。但無論古今中外，每個人都有一個眞實面對自己死亡的日子。看了那許多名人之死，我們學到什麼了嗎？

談天

梁燕城在《哲理縱橫》收了一篇談上帝的文章〈也談上帝〉。全文的重點在指出《論語》〈憲問〉篇孔子說：「不怨天，不尤人，下學而上達，知我者其天乎。」所講的天是「默現天」，而基督教的天是「朗現天」。依梁氏的說法，當孔子所體驗到的「默現天」全幅朗現的時候，就成了基督教的上帝。基督教的上帝，梁燕城名之爲「朗現天」。站在同情梁氏信仰心路歷程的立場，梁氏的論述是有跡可尋，但在純理上，梁氏這種說法是似是而非的。

「默現天」沒有「有幾個」的問題，沒有「此與彼」的問題，最重要的是「默現天」沒有名相，「默現天」並沒有「全幅朗現」的問題。「朗現天」一旦被與基督教的上帝畫上全等號，這些問題就全都來了。我問最近來訪的牧師，回教、猶太教與基督教是不是信同一個上帝？更廣泛一點講，一神教所信的上帝若在神學理論上都可以是「朗現天」，所有一神教可不可能放棄成見融合爲一？牧師的標準答案往往是：眞神只有一個，所以別家都是假的，只有基督教一家是眞的。如果眞能如此，那孔子的天就只有一個可能的朗現：基督教的上帝。可是若睜開眼看一看眞實世界，一神教之間在社會資源與教理上的征戰與攻伐，長達數千年，至今仍未止息。好在中國文明並沒有匆忙地擁抱自己的一神教。

中國究極的天既是「無名」，其「朗現」無論就理就事，不限於基督教的上帝。想要以學習《聖經》去上達，以純儒學去上達，以《可蘭經》、《奧義書》或《金剛經》去上達都可以，對孔子而言，重要的是上達與否，不是位格化的天叫什麼名字，不是看了那一部經。至於上達與否，不需擔心，「知我者其天乎」，是天知我。不滿意於「天知我」，企圖去「知天」以找尋其「（位格化的）全幅朗現」，可能就是梁先生（或某些一神教教徒）思考打結的關鍵。

梁先生說基督教的上帝是會爲人流淚對人說話的，所以是「朗現」。這也是似通非通。姑且將《聖經》所載皆當爲事實，集《聖經》所有神的言語，是否就是神的全幅朗現？這可以從兩方面來看，若以無限存有的角度看，眞神當然可能有《聖經》以外的活動空間。孔子講「天何言哉」豈只是講天不必說話？「四時行焉，百物生焉」，孔子見的天是處處朗現的，豈是人的語言文字可以道盡？但對明眼人而言，這種「朗現」卻未必比用語言文字「朗現」更沉默。若以有限的存有而言，天的朗現是個人生命的獨特經驗，是個體的聞道：「朝聞道夕死可矣」可見其稀有與珍貴。人各有因緣器性不同，「如筏喻者」，《聖經》若能度人，讓天朗現，未嘗不是人間福報。

葛達瑪的最後防線

葛達瑪，一九〇〇年二月生於德國馬堡。二〇〇二年三月逝世於海德堡。以其名著《眞理與方法》，被尊爲當代詮釋學（Hermeneutics）大師。葛氏以百歲高齡，見證了兩次世界大戰德國的戰敗，也見證了德國二十世紀哲學發展的興衰。晚年被視爲德國知識界的國寶。

葛氏大器晚成。雖然早已被他的恩師海德格所賞識，也在二十四歲的時候就開始出版他的哲學論文，但葛氏三十幾歲申請教職時，正遇到全球經濟大蕭條，連續幾次被馬堡大學拒絕，最後是在納粹德國大量迫害猶太裔教授的環境下，好多年後，才塡補了猶太同事遺下的空缺。其成名作《眞理與方法》，則是六十歲離開學校行政工作之後才寫成。

《眞理與方法》所處理的課題，是人與人交往互動中可以用語言表達，可以分享的部分，例如愛、同情或憎惡。這些部分不能被方法所控制，但卻有人與人間可以溝通，又可以具體經驗的「眞理」。葛氏以這個取向去發展詮釋學是具有突破性的，因爲傳統的詮釋學往往是一種方法論，其重心在提出人文科學所特有的方法，而葛氏卻要在方法所能控制之外的場域去找尋眞理。與其說葛氏在《眞理與方法》中企圖找到瞭解（understanding）的最後基礎，不如說葛氏在提醒讀者詮釋學經驗的不確定性。詮釋學的經驗，不是人們可以完全計畫或完全控制的。詮釋學的經驗常會出其不意地與人們的預期不同，迫使人們重新思考。葛氏認爲這種詮釋學經驗其實源於人的有限性。無論在詮釋文章，從事科學或藝術工作，或簡單的語言說明活動中，詮釋學經驗都會發生：人們總是只有有限的視野。在能觸及的地平線內，只有某些觀點會對我們開放。葛氏認爲，若人能看到自己的限制，可以幫助人們去找到另一個地平線，讓我們有機會超越當下的立場。但是，人永遠也別想超越有限性本身。葛氏認爲，正因爲人永遠沒有辦法超越自身的有限性，恰當地認知自身有限的事實，可以讓人們能彼此學習，對別人的經驗保持開放的胸襟。

二〇〇一年爲了葛達瑪一百零二歲生日，德國全國的報紙刊登了一份訪問稿，在訪問中，他坦承：「雖然我常想，能信仰上帝一定是一件很美好的事。」但他在死前仍不相信死後還有生命，也不能信仰上帝。葛氏說他所剩下的唯一教條是：「人不能活著沒有希望，這是唯一一個我會毫不保留地去保衛的命題。」

「希望」，是葛氏在肯定人的有限性的前提下，當自己即將面臨死亡問題前，所緊守的最後防線。您的最後防線又是什麼呢？

二〇〇四年的序幕

大年除夕，經醫生診斷，肺癌已轉移至腦。拜現代醫學科技之賜，主治醫生並不慌張，認爲仍然有救。下週三將接受放射線外科手術，移除腦瘤。由去年除夕吐血，至今，經過這一年多在鬼門關前徘徊的經驗，對這樣的警訊似乎已能處之泰然。已故英相邱吉爾的名言「酒店打烊，就要離開」，雖常縈繞耳邊，但奸雄曹操的：「對酒當歌，人生幾何？」對我這類病人，似乎比邱相的名言更受用。只是杯中殘餘的不是杜康，而是生命的美酒。若仍能活著，願時時警惕：對此世還有何用？若將如此離去，或該問問自己，有何事未了？這兩個問題沒有固定的答案，卻正是人生樂趣之一。

（二〇〇四年十月癌細胞擴散到肝，二〇〇五年一月，肝臟的腫瘤獲得控制縮小了一半。）

孔子論善

台灣師範大學國文系的林安梧教授，與台灣大學哲學系的傅佩榮教授，曾對儒家的人性論是「向善」還是「善向」有過一番辯論。對研究中國哲學史的人，儒家對「善」的理論爲何，肯定是一個大問題。難怪林教授的老師，牟宗三先生，晚年寫《圓善論》以彰明其理，更依「圓善」判教，會通東西哲學。

牟宗三先生在《圓善論》最後頌曰：「中西有聖哲，人極賴以立，圓教種種說，尼父得其實。」可見他對孔子之教，在「圓善」問題上推崇之高。可惜無論是在林教授與傅教授的辯論中，或是在《圓善論》裡，對「善」與「性善」問題的討論都以《孟子》開端，對孔子在《論語》裡如何面對這些問題完全沒有處理。《孟子》在「善」與「性善」問題的見解固然很重要，但孔子如何說，仍不該完全留白。

《論語》中記載的孔子言行，有二十幾處提到「善」這個字。〈爲政〉：「舉善而教不能則勸。」〈八佾〉：「子謂韶『盡美矣，又盡善也。』謂武『盡美矣，未盡善也。』」〈述而〉：「不善不能改。」「擇其善者而從之，其不善者而改之。」「善人，吾不得而見之矣。」「多聞擇其善者而從之，多見而識之，知之次也。」「子與人歌而善，必使反之而後和之。」〈泰伯〉：「篤信好學守死善道。」〈子罕〉：「循循善誘。」〈先進〉：「子張問善人之道，子曰：『不踐跡，亦不入於室。』」〈顏淵〉：「子欲善，而民善矣！」「善哉問」「忠告而善導之」。〈子路〉：「『善人爲邦百年，亦可以勝殘去殺矣。』」「如其善而莫之違也，不亦善乎？如不善而莫之違也，不幾乎一言而喪邦乎？」「『人而無恆不可以作巫醫』善夫。」「不如鄉人之善者好之，其不善者惡之。」「善人教民七年，亦可以及戎矣。」〈衛靈公〉：「工欲善其事，必先利其器。」「動之不以禮，未善也。」〈季氏〉：「友善柔」「樂道人之善」「見善如不及，見不善如探湯。」「親於其身不爲善者」。

大略歸納一下，孔子在《論語》中對「善」的用法，最常見的，是與「不好」相對而言的「好」。其中，除去對特定人事的判斷之外，最有趣的問題是在這些論述中，孔子如何教人論定何者爲善。由「擇其善者而從之，其不善者而改之」兩句看來，孔子並沒有直接提出善的定義，但卻肯定人在實踐活動中，有判定好壞的能力，肯定人們判定善惡之所以可能，是「不假外求」的。此外，善的問題，在孔子的論述裡，常與「學」（或「教」）是不可分的。換言之，孔子邀約有判定好壞能力的人，與善者爲伍，去學習好的。對後知後覺的人，孔子主張進行教化。孔子自己，則也是兢兢業業，一輩子在學習，以守住善道。（性本直，二之一）

孔子的人性論

總體言之，孔子在《論語》中對「善」的論述，完全避開對「最高善」或「德福相稱」之類問題的直接探討，卻肯定「善」是人的能力。人生在世，對這能力的開發（無論是透過「學」或是透過「教」），是沒有止境的。但問題是，我們可不可以依此推出孔子的人性論？

《論語》中提到子貢說孔子很少談「性與天道」，所以要從《論語》推論出孔子完整的人性論，自然不容易。然而，《論語》〈雍也〉篇孔子的確提到過：「人之生也直，罔之生也幸而免。」若我們以「生」爲「性」，孔子的人性論應是「人性本直」。「罔之生也幸而免」一句，則對「人性本直」採一機率論的立場，「邪曲」之生的例外雖很少，但還是有可能存在的。「直」可以當「正直」。此外「直」可能也有「如其所如」的意思。若依「正直」解，則與孟子「性本善」相呼應。若依「如其所如」解，則似乎是一種中性的評價，有未加雕琢的意思。在第二種解釋下，似乎「直」與「質」是可以相通的。「質勝文則野」，必須要「文質彬彬」才「可以爲君子」。由此觀之，孔子既肯定人性質樸可貴，也強調學習與教化的重要。雖然以往對孔子的詮釋，常認爲他視「君子」爲人的最高境界。例如牟宗三先生在《圓善論》第二章中，就引用孟子、程明道與朱子而有類似的主張。但孔子將「野人」與「君子」兩者並立時，孔子的選擇也可能是「野人」。〈先進〉篇孔子說到：「先進於禮樂，野人也，後進於禮樂，君子也，如用之，則吾從先進。」便是一個例子。由這一個例子看來，禮樂這些制度與文飾，雖爲人文教養所必備、必學，但判定其好壞的基礎，卻仍在人未經雕琢的本性上。

其實，「正直」與「如其所如」兩解，也可能可以看作是互爲表裡的一套解釋。〈先進〉篇：「子張問善人之道，子曰：『不踐跡，亦不入於室。』」李澤厚先生《論語今讀》認爲這是說：「子張問如何使人變好？孔子說：『不跟著腳步走，就不能進入室內。』」換言之，人要學了才會變好。但我覺得，順著我上文的分析，朱熹注所說的：「善人，質美而未學者也。」在義理上比較恰當。「善人」是人在學習與文飾之前，也就是「踐跡」與「入室」之前，如其所如的本性。

我在別處討論過，爲了快樂的目的，孔子邀約人們學。但「擇其善者」這種能力卻不是學來的。我們可以說，這是孔子哲學人類學的一部分。此處孔子對人類「擇善」能力的肯定，與康德美學所提：人類對美有不需經過語言文字去認知的能力類似；也與後現代主義大師利尤塔在《遊：律、形與事件》一書所謂：人在無預定形式狀態下，與創新邂逅的可能性，相輝映。這些引申自不是此一短文所能道盡。（性本直，二之二）

數字遊戲

運用數字在我們日常生活中，早已成爲語言溝通重要的構成要件。無論您喜歡與否，數字在「現代」社會日常生活裡，扮演了不可或缺的角色。無論是個人的成敗，家庭的生計，政情的起伏，經濟的好壞，社會的榮枯，自然資源的運用，可以（需要）運用數字的地方實在是多得不勝枚舉。

就長時間的歷史眼光來看，數字成爲我們社會生活的重要景觀，是有其時代意義的。已故史學家黃仁宇，在其力作《大歷史》中提到：讓中國能「在數目上管理」，是中國近代的歷史走向之一。換言之，不能「在數目上管理」，是現代國家與近代意義的資本主義，遲遲不能在中國誕生的原因之一。無論我們喜不喜歡「資本主義」、「現代國家」，或認不認同「中國」，面對現代世界，就面對了一個新的遊戲（規則），數字的遊戲（game）。

數字遊戲的特色之一，是對事實描述的去權力化。姑且不論數字遊戲在科學活動，與其他生活領域的特色，就以權力傾軋最明顯的政治活動爲例，數字遊戲對權力濫用，就常發生有限但明顯的限制。

運用數字多，並不一定就表示對事實的描述精確或更尊重事實。回顧近代海峽兩岸的政治運動，以數字的扭曲去爲特定意識形態服務的例子，比比皆是。遠的，如大躍進時，各地對生產成果的爭相灌水；近的，如台灣選舉期間，政黨宣傳對數字的蹂躪。

雖然我們不能保證政客不濫用數字，但不用數字的政治論述，往往得要有大規模的政治鬥爭，才有可能對其中的政治神話解咒，使用數字的政治論述，若吹牛吹過了頭，不需要擁有太大的政治權力，一般人就可以戳破西洋鏡——吹牛的政客會不會因此下台，權力遊戲中的均衡關係會不會因此改變，是另一回事，所以我上文稱之爲「有限」的限制——正因爲如此，學會與數字爲伍，是現代政客與現代國民的共同必修課。

在數字遊戲裡，專家學者對數字資訊的收集與分析，以及群衆對數字的知識與重視程度，敦促著現代政客更兢兢業業地創造對自己有利的數字。維護當權派的、挑戰當權派的、爲己的、中立的，或是一心爲民謀福利的，若都在數字遊戲前兢兢業業，社會整體獲利的機會便會增加。反之，群衆若對政客所使用的數字不挑剔，就是等於對當權者的權力棄械投降。

對數字的監督除了對當下被統治的人民有利之外，還是超時空的。有問題的數字資料，即使當權者藉由各種手段去掩飾，一時得以蒙混過關，難保往後不被看出破綻。如此看來，當權者編數字，還得多費點心，不能只是移兩位小數點，在預期的經濟成長率後加個數字，或宣稱四百公里群衆手牽手，人數會超過兩百萬，這麼粗糙。

同學

只要去學校就學，同學（無論是比自己先到校的學長學姊，同時就學的，還是比自己晚到校的學弟學妹）往往成爲生命旅程中常見的夥伴。尤其，當學位讀得越高，同學不只在學校共同交往的機會多，因爲所學相近，日後更有很多機會變成長久的專業同僚。只要自己的專業不變，不管願不願意，同學往往有很大的機會，在職場上，伴您走過人生最精華的歲月。

法國社會學家涂爾幹，在其晚年找尋現代社會社會整合的可能性時提到，現代社會因爲分工細密，人們在工作場所的（專業）工作夥伴之間，往往最有機會成爲社會整合發酵的場域。涂爾幹雖然重視教育對社會整合的重要功能，卻對教育機構作爲一個自主的社會互動場域的探討有限。他的後繼者之一，剛過世不久的法國社會學家皮爾布丟，對法國高等教育作爲社會權力產生與複製的場域，著墨甚多。皮氏不只對社會整合與社會化在高等教育機構的運作細節有所發揮，藉由對高等教育場域的分析，皮氏也間接地對美國社會學家密爾斯著名的權力菁英理論，或者更廣泛地說，對社會學所一貫關心的社會不平等與社會差異的源頭，有精采的演申。雖然皮爾布丟主要討論法國，密爾斯主要討論美國，其實教育機構作爲權力場域的現象，在時空上遠廣於這兩位社會學家所能觸及的範圍。近幾十年，兩岸三地的華人社會，教育機構對各個領域菁英的產生與複製，又何嘗沒有類似美國與法國的現象。

可惜的是，以上這些分析都太結構式，沒有辦法深深碰觸到，同學做為我們社會生活世界一部分，那種屬個人情感的眞存實感。不管從結構面來看，教育機構本身，有多少複製社會不平等的功能，不管學校如何被當權者用來作爲強化意識型態的工具，同學之間所分享的生命片段，不可能全是爲其他目的服務。同學們無論日後如何靠學校的名聲與同學的關係飛黃騰達，在就學的時候，彼此之間去權力化的交往機會，比離開學校之後要來得大。同學之間的友情有可能會被日後生活世界、身分地位，或所屬團體的差異所蒙蔽或淡化，但沒有這種在去權力的狀態下交往的機會，眞誠的友情是不太容易滋生的。弔詭的是，這種以眞情作基礎的關係，正助長了教育機構成爲權力、社會差異與社會不平等結構再製的溫床。只是這種「助長」，往往是同學之間的非意圖性的行動結果，只有在社會學家無情的理論放大鏡下，才會現形。

學校生活中的同學之情，雖很常見。出了學校之後，在現實生活的蹂躪下，同學之間情誼的維繫，其實是很難能可貴的。難怪，在台灣爾虞我詐的選戰下，沈富雄與落魄的陳由豪之間老同學的情誼，會讓看官投注這麼多好奇的眼神。

信任

在組織社會學與經濟社會學中，「信任」往往被視爲社會組織與經濟運作所不可或缺的黏著劑。無論組織的獎懲再嚴密，組織的運作若沒有信任，很多事即使能作得成，也是事倍功半。在經濟交換的活動中，若沒有信任，即使交易仍能進行，其不可見的成本，比有信任作基礎的交換活動要高出不知凡幾。只是信任要如何建立，如何維繫，卻往往不盡然以最佳效率或最低成本爲依歸。

傳統社會功能論會主張，由於社會體系有趨向穩定與維繫生存的傾向，最佳效率與最低成本，極有可能是體系均衡點的所在。依此看來，在特定組織與經濟活動中，社會行動者彼此之間的信任，在體系均衡狀態下，產生的機會似乎很大。但若仔細思考，這種論點的粗糙性卻不難被點出。例如，同樣的經濟交換活動，在不同的時空中，對交換雙方彼此信任的仰賴程度，會有所不同。顯然，僅由體系均衡的角度，無法道出對「信任」仰賴程度差異的歷史成因。又如，若交易雙方信任被破壞之後，在所得的利益或所承擔的成本不一的時候，預期獲利多的一方，有較大的機會傾向於破壞彼此的互信，以期因背信所可能得到的立即利益落袋爲安。

爲了克服功能論的限制，以修正功能論出名的德國社會學家魯曼，在他的成名作《社會體系》中，對「信任」課題的討論，就超越了以生物體生存與均衡的角度來看問題。魯曼認爲社會體系是自我創造（auotpoietic）的系統。行動者與相對的行動者所面對的雙重不確定性（double contingency），是這個自我創造的系統不可或缺的構成要件。魯曼認爲「信任／不信任」的產生，正是這種雙重不確定性所造成的主要後果之一。社會系統要持續存在，社會行動者之間的信任與不信任關係必須要能自由轉換才行。認識到信任有可能會轉變成不信任，而在不信任的情境下，互動的成本又會極度提高，可以幫助體系穩定。由信任轉爲不信任很容易；反之，由不信任變成信任，即使可能，卻比由不信任變成信任要難得多。而且，由不信任逐漸轉爲信任，常常還需要靠像法律之類的輔助性制度去幫忙。從另一個角度看，在從不信任轉爲信任的過程裡，由於新（法律）制度的建立，社會秩序的組成方式會變得更複雜。

如此看來，中華民國總統在受到對政治獻金（可能）不誠實之累，加上副總統在受到「嘿嘿嘿」傳聞之累下，他們由神奇的槍擊案中獲利的正當性受對手質疑，似乎是預料中的事。目前，角力的兩造，在這場政治梭哈中，還在不斷地加碼。不信任所帶來的社會代價，也因此而水漲船高。令人好奇的是，由不信任轉到信任的歷程會發生嗎？那些新的（法律）制度會因此而誕生呢？更有趣的是，這個信任危機會把中華民國帶到那去呢？看來好戲還在後頭，讓我們拭目以待。

愛龐周

復活節假期前後，美珍請了幾天假，全家去美國西岸看幾個大學校園，幫大女兒決定那些大學可以考慮申請。行程的第一站，來到位於奧瑞岡州的瑞德（Reed）學院。瑞德學院吸引我的地方，除了女兒所提的一些理由之外，最主要是許多仍活躍在學界的美國社會學前輩（例如加州洛杉磯分校的羅伯・梅爾，康乃爾大學的大衛・考斯基等）出自這個學院。百聞不如一見，短短的一下午，除了瑞德學院早春的美景、羅伯・梅爾的學士論文，以及大草坪上全裸的日光浴少女之外，令我印象深刻的竟包括一幅校園中隨處可見的大型海報「愛龐周」。

在校園參觀行程快結束前，有人終於忍不住問導遊：「誰是龐周？」原來，龐周是學校的一位黑人教師。前不久，校園一角的男廁內被人發現，有人放了一個被吊死的龐周玩偶。至今，校方雖然仍未發現廁所裡的惡作劇究竟是誰做的，但幾乎清一色是白人的校園（在整個參訪活動中，校園內除了我們一家外，我只看到兩個黑人學生與一個亞裔清潔工），立刻發起了全面的反制運動，這些貼滿校園的海報「愛龐周」就是反制活動的一部分。

僅由這些海報，很難猜測龐周教授本人是否會認為瑞德學院變得更可愛了，但可以想見的是，在這樣的環境下，那惡作劇的小子，只能繼續縮頭縮尾的躲在暗處。換言之，這些海報所呈現的不只是這個事件，更呈現了一種生活方式。一方面，種族歧視在美國社會死而不僵，仍然像社會生活體內的疱疹病毒，一旦抗體不足時，就會跳出來肆虐一番；另一方面，矯枉不怕過正的反制運動清楚地顯示，瑞德學院當下是一個有足夠免疫力的健康校園。

在離開瑞德學院，去波特蘭機場的路上，突然感受到，這種剛從身邊經過的「健康」校園，竟是如此的遙遠。那個當初躲在暗處，用炸彈郵包炸斷謝東閔一隻手的王幸男，離我卻是如此的近。這個炸彈前科犯沒有受到唾棄，搖身一變，成了中華民國執政黨的台南縣立法委員。當民進黨在立法院成功地運用程序問題杯葛槍擊案眞相調查委員會，以便讓台南地檢署去繼續主辦連國安局長都仍有無法著力處的槍擊大案之際，王幸男在報紙與電視新聞上，大言不慚地說，中華民國總統的槍擊案是「外省」掛的小混混，基於仇視民進黨的原因所幹下的。在這了無新意的官方說法之下，正是那無身分的身分：「外省」，將王幸男這個前科犯與我拉得如此之近。

王前科犯嗆聲之後，金盆洗手的前台南黑道馬姓大哥，赤著上身在中正紀念堂憤怒地張貼海報，懸賞億元捉拿眞凶。這是繼柯賜海之後第二個出億元賞金的江湖人士了。相較於瑞德學院的「愛龐周」，顯然台灣對王前科犯的反制海報，貼得太慢、太少了。借《明報》一角，貼一張「愛外省」的小海報，自戀一下，聊解鄉愁。

年輕與權謀

年輕化近來在台灣政壇蔚爲風尚，年輕化似乎與進步開放畫上了等號，讓年輕化的政黨洋洋自得，不夠年輕化的政黨蠢蠢欲動。年輕化代表什麼呢？

法國史家菲力普・阿瑞斯在其名著《童年的世紀》中指出：歐洲主流文明，直到現代社會誕生之前，才明顯地在生活世界中，正視兒童的存在。這與在中國文化的主流論述裡，「赤子」被視爲人文理想的典範之一，成爲顯著的對照。或許正是基於這樣的文化土壤，讓中國這古老的文明國度內的年輕人，很容易在歷史舞台上出列，甚至擔綱。因爲，在年齡上，年輕人比較接近赤子，自然比年老的人令人信賴。

除了對赤子的嚮往之外，在變遷迅速的現代社會，我們也可以依年齡去推論，年輕人較有機會接近新的知識，比較不容易受到舊制度所制約，所以年輕人比年長的人的所作所爲值得重視。此外，年輕人未來歲月較長，所以即使有錯，可以修正後再出發。

從政團隊年齡上的年輕化，除了掌握權力的人有意的選擇，也有可能純然反映著該團隊或政黨的人才結構。從政資歷淺的政黨，成員一般的年齡較輕，若有機會掌握權力，所能提得出的名單自然較年輕。反之，曾經長期掌握權力的政黨，累積的人才每個年齡層都有，在推出從政名單時，依續排班，自然年齡上要偏高。所以新政黨往往強調年輕的本錢，老政黨則苦於擔負因人才過多所帶來的包袱。但這種因人才年齡結構所產生的差異，其實是兩面刃。年輕的政黨在眞要用才的時候，往往因爲成員歷練不足，而捉襟見肘。反之，歷練豐富的老政黨，只怕沒機會執政，只怕位子不夠多擺不平。

只是，在一個事事講求宣傳，不問政績，只講意識形態，不問黑白，只有票面思維的社會，人才捉襟見肘的窘態，只要抓著年輕化的大纛，非但不會穿幫出糗，還可以因此讓對手的青壯派與當權派內鬥一番。除了藉由媒體與社會習性修理對手陣營之外，當權派以年輕化進行內鬥，也可以無往不利。例如，若某人在所屬政黨內本無絕對的實力，因緣際會，以特殊機遇得到大位之後，大量起用年輕人，可以架空與自身資歷相近的黨友；年輕人藉著當權者的提攜，平步青雲，自然也大有可能成爲當權者權力延續的鐵衛。可謂一舉兩得。

話雖如此，年輕化究竟是不是成就個人的權謀，其實也有可能是在政客所能掌握的算計之外的。關鍵不是在年齡，而是被用的人是不是眞能保有赤子之心，是不是眞能接受新觀念、新知識，是不是能「知錯能改」。換言之，實質的年輕化可以超越由年齡上判定年輕與否的盲點。更重要的是實質的年輕化不會淪爲權謀的工具。

民粹與台粹

台灣的政爭中，常有人引用政治學或社會史上的既有名詞，去描述某些運動的特質。但若不深究，語言的膨脹常常令旁觀者越看越糊塗。例如，從李登輝到陳水扁，以「本土化／外來政權」、「愛台／賣台」、「中國人／台灣人」之類票面符號的對立，去遂行奪權目標的政治運動，常被稱為「民粹」。這樣的用法，其實有些不倫不類。

民粹主義（narodnichestvo, populism）原是俄國十九世紀社會主義革命時所產生的一個政治運動。俄文原文 narod 就是「人民」的意思。這個運動認定，透過政治宣傳，可以讓當時在俄國社會占大多數的農民覺醒，起而推翻沙皇。此一運動也認定，透過農民革命，俄國可以跳過資本主義的陣痛，直接進入社會主義甚至共產主義。極端的民粹主義者，例如巴枯寧（Bakunin），主張所有俄羅斯的國家機器與階級都應被取消。換言之，民粹主義是以階級矛盾去激起被壓迫者的反抗，鬥爭的對象是統治階級，鬥爭的手段之一是取消國家機器。

如此看來，這些在台灣政壇近期風行的，怎麼也不該被視為「民粹」。原因很簡單，在台灣最近的政治運動中，看不到在台灣生產關係中被壓迫者的代言人。運動的目標不是取消國家機器，而是要在一個新台灣民族主義之下，建立一個台灣人當家作主的國家。所以在運動中，血緣的代言人往往成了主角。這樣的特質其實與納粹主義（Nazism）相似之處，比其與民粹主義相似之處，只有多沒有少。

納粹主義雖有很多的源頭，但在希特勒所帶領的政治風潮初期，納粹是強調德意志民族（Nordic, Germanic）血緣上的特殊與優越。透過政治口號與政治運動，希特勒所領導的納粹主義，是在民主選舉上大獲全勝取得政權，目標之一就是要建立一個強大的、血緣純正的國家。最近與一位猶太朋友討論納粹奪權的手段。她還指出，納粹奪權的過程中，很成功地吸引了大量的年輕人加入。在這些氛圍下，階級解放的鬥爭被放在一邊。

總的來說，台灣政爭的各方雖與納粹主義相似者有之，但明眼人當然知道，無論政治人物多想，台灣還沒有到納粹那一步。我覺得台灣有資格在政治社會史上，自創一個品牌，或可稱之為「台粹」。雖然以血緣為思維的依歸，但「台粹」還沒有像納粹一樣，依血緣純粹性去公開殺人。雖然也是要從大戰歷史記憶的陰影中站起來，但「台粹」還沒有發起另一次戰爭，去試一試自己能不能嘗到戰勝的滋味。因著傲人的民主發展，雖然沒有人會將「台粹」與民國初年的軍閥割據聯想在一起，但「台粹」與中國政治史上地方主義的相似性，肯定是遠遠大過納粹所要建立的德意志民族國家。更重要的是，「台粹」還沒謝幕，政治人物與參與的民眾還有機會創造出新的局面。歷史的評價是好是壞，還在未定之天。

合法暴力

德國社會學家韋伯，在他著名的講稿〈政治作爲一種志業〉裡開宗明義就說：從社會學的角度去定義現代國家，我們可以從手段上去說，國家這種政治組合的特色，是對暴力的使用。更進一步說，國家就是在一定地域內，對「合法」暴力（成功地）加以壟斷的人類社群。在這個社群裡，人與人間有宰制與被宰制的關係。而且，這種宰制關係受到所謂「合法」暴力的支持——如此看來，海峽兩岸掛在嘴上的「和平」統一，或「和平」獨立，因爲牽涉到國家領土與主權，其實本質上都是「暴力」——雖然，對這個定義可以提出很多補充，但韋伯的定義，在經歷一世紀後的今日，還是有許多的眞實性。

在理想狀態下，現代國家的合法暴力，是用來保護國民生活與生存的權益，不受非法暴力所侵害。常設性的警察與軍隊，是現代國家所特有的。雖然，基於法律所賦予的責任與義務，在太平社會中，軍人與警察是人民的保姆；但明眼人不難看出，他們也就是合法「暴力」的執行者。

合於法律所賦予的責任與義務，與執政者的意圖與命令，並不是合法宰制的所有基礎。例如：韋伯在〈政治作爲一種志業〉裡討論「合法」宰制如何可能成立時，起碼就指出了三種理想類型：第一是傳統，第二是魅力，第三才是合理訂定的法律。

在〈政治作爲一種志業〉這篇講稿裡，韋伯特別深入討論的，是第二種理想類型的細節，所以講題才會用與「魅力」相應的「志業」爲題。可惜的是，純就定義上看，可以落在魅力這一類型下的宰制，古今中外本就不可能多見。自然在日常化的社會生活中，不可能成爲統計上的主要類型。若以現代民主國家的領導人而言，因爲個人掌握政權的時間受法律所限制，即使有魅力型的領導者，難保在任期到之後，因爲不能再直接掌握政府的權力，變成日漸爲人所遺忘的「老瘋癲」。雖然如此，對自認要以政治做爲志業的人，即使在現在二十一世紀的國家中，卻仍不可避免地，要以成爲魅力領袖爲理想。

隨著「現代化」的發展，「傳統」的宰制類型，應會逐漸退位。合法性主要是依理性原則所訂定的法律來成立。但韋伯所沒有機會討論的，是現代國家往往靠愈來愈有效率的出版與宣傳，在很短的時間內，就可以「創造」或「扭曲」史實，從而依主流的意識型態去製造「傳統」。

此外，在《規訓與懲罰》一書中，法國社會哲學家傅柯，描述的現代社會特有的監控方式，雖然不像君主王權時殘酷可見的懲罰，卻無聲無息無所不在地觀看著所有人的生活。這似乎也跳出了韋伯對宰制與權力的定義中，不可或缺的掌權者與服從者之間的主從關係，但這卻是現代國家實現（暴力）統治所不容忽視的類型。

又見差序格局

陳水扁先生所任命的教育部長杜先生，最近在中華民國廣遭討論的問題之一，是他所提出的「同心圓」史觀。根據這個理論，中華民國的教育應以台灣為中心。中國與世界則應在以台灣為核心的同心圓外圍。雖未得見原文，但望文生義，或可用「差序格局」，以及「社會我執」等問題加以申論。

「差序格局」被費孝通先生用來描述傳統中國的社會關係結構，也被費先生拿來批評傳統中國社會的問題與限制。在費先生的隱喻中，「差序格局」的核心是個人，其本質是自我主義，否定公，一切是以私人聯繫的方式建構出來。所以一方面似乎是可以由內向外推，但骨子裡其實是：「為了自己可以犧牲家，為了家可以犧牲黨，為了黨可以犧牲國，為了國可以犧牲天下。」費先生對中國社會事實描述的部分，在經驗上可以加以檢查，所以，中國（或其他社會）是不是眞如費先生所說，與費先生對「差序格局」的批評是不是有理，是兩件事。

費先生將對「差序格局」此一現象的批評，衍生到對孔子「推己及人」此一理論的否定，是有欠反省的。孔子在《論語》〈雍也〉篇最後對子貢講的是：「夫仁者，己欲立而立人，己欲達而達人，能近取譬，可謂仁之方也已。」這是為仁的實踐提供一個可行的方法。想要實踐仁的，若不能想像如何對關係疏遠的人好，只要能從親近的關係中去找尋例子，就不難學得到了。這本是可以被用來糾正費先生所談問題的一帖良藥，卻反過來在費先生的評論中成了代罪羔羊。此外，費先生又企圖以現代國家爲解決「差序格局」問題的無限上綱。他認爲現代國家將人民綁死在國家下，每個國民就「像一根柴捆在一束裡，他們不能不把國家弄成個爲每個分子謀利益的機構」。

可惜，費先生論述的終點，卻成了杜先生錯誤的起點。杜先生「同心圓」理論的圓心，正是那要將人民當作一捆柴的國家。有趣的是，費先生心裡的「國家」與杜先生心裡的「國家」可能不太一樣。如此一來，哪幾根柴要捆在一起，成了兩岸難解的習題。更重要的是，「差序格局」不再是有待被批判的對象，反之，費先生所批評的「差序格局」，透過「同心圓」理論借屍還魂，成了暫掌中華民國教育的杜先生，在教育方向上的最高指導原則，差別只是把「差序格局」核心的「自我」換成「台灣」罷了。

這是標準的「社會我執」，正是孔子的推己理論所要破的。現代社會，在制度技術與生產能力的限制下，不得不以現代國家爲制度上遂行「平等」的疆界，而國家卻是國際暴力抗爭的行動主體，這都是可以理解的歷史事實。但這些並不表示國家與地域是理論反省的自然疆界。更何況，誰與誰捆在一起可能純粹只是暴力的結果。反之，在孔子的原始理論中，誰與誰捆在一起，都不能取消那繼續「推己」的反省。唯有將重點放在「推」而不在「捆」，才能治得了杜先生那「社會我執」的病。

十年之約

十年，在宇宙中只是一剎那。但對人，尤其是對年輕人而言，十年可以是永恆——易破碎的永恆。當六〇年代的歌手高唱「不要相信超過三十歲的人」的時候，他們離三十歲不過十年上下，但他們卻作了結構式的二元論斷，將人，靜態地，以年齡（而不是以科彩），一分爲二。

在〈政治作爲一種志業〉這篇演講稿快結束的地方，韋伯向年輕學子邀約（挑戰？）：「十年後，讓我們再來辯論（政治作爲志業）這個題目！」三十歲之前讀到此處，曾大爲感動。當時，何嘗不是認定，十年有如永世。如今，兩個十年都過去了，回首一看，不得不笑自己當初多麼的年少無知。重讀這篇經典，才發現，韋伯以過來人的眼光，其實早已體驗到，十年這個固定的時間量度，在年輕的聽衆與對年長的人（包括他自己）之間，可能存在的認知差異。否則，他不會在這個邀約之後，緊接著就說：「不幸的是……很可能（到那時）你們許多人與（我必須坦白地承認）我所曾希冀的，只有很小的一部分會實現。」如今，看〈政治作爲一種志業〉的感動依舊，只是感受的震撼是來自後面，而不是前面那句。

韋伯並沒有像上述的歌手一樣，將十年前後的自我，作結構上的二分。其實，當人認識到，活生生的自我，橫跨在「三十以上對三十以下」這二元的兩端時，「我與不是我」的（類結構）認知，很容易地，就可以將以年齡作區分的「結構」化爲「過程」。在這過程中，「我與不是我」的（類結構）認知，更進一步，迫使人們面對其間是否統整無瑕（integrity）的問題。這是正常人很容易生起的疑團，也是爲何韋伯的十年之約，在這麼多年後，仍然感動人心的關鍵之一。

韋伯這種與康德「自己立法自己遵守」一致的人文基調，除了對自己行爲的檢查有效，更可以用來了解人事。《論語》〈爲政篇〉孔子說：「視其所以，觀其所由，察其所安。人焉廋哉？人焉廋哉？」不也正是在說明類似的道理麼？時間的面向，在孔子這句話中，是隱性的。但以韋伯這十年之約爲期，又有多少叱吒風雲的政治人物能不現出狐狸尾巴呢？現代的民主政治，人民學習當家作主，首先要學的，便是這種政治識人術。

「人生苦短」。即使我們不以十年，而以一生相約，仍只是宇宙間微不足道的剎那。又能實現多少自己的希望呢？但在〈政治作爲一種志業〉最後，韋伯點出，重點不（只）是能實現多少，而是在看不見有希望實現理想的時候，仍然義無反顧。

最後，我想問：視「活與死」爲二元，是否也像「三十以上對三十以下」的迷思一樣，錯把過程當成結構？若「活與死」只是過程，「我」又是什麼呢？這是一道人人必須自己解答的習題。

未完成的體系

當代美國有少數幾位社會學家，提個大問題，繞著自己的問題預計寫出三四部一系列著作，但一寫幾十年，仍未完成。例如，西岸的麥可・門《社會權力的淵源》從一九七二年開始蘊釀，預計寫三冊，至今只完成了第二冊。以東岸為主要基地的伊馬紐・華勒斯坦，在一九七四年出了第一冊的《現代世界體系》以來，至今也只出到第三冊。他們在等什麼呢？

從他們提出的著作計畫看，麥可・門的問題可能是內在的。《社會權力的淵源》第二冊的名稱與內容，雖然顯然與原先在第一冊所提出的計畫已有出入，但隱約仍可看得到，他預計在最後一冊提出權力理論的總結。麥可・門雖然承認「沒有歷史知識，社會學理論不可能發展」，但反過來卻認為，社會學可以幫助歷史脫離常識的窠臼，又可以引導歷史研究者找出關鍵的史實加以深究。如此看來，在最後一冊中，門氏將完成他建基在歷史知識上的社會學理論建構，所以完不完成得了，是他自己的問題。

反觀伊馬紐・華勒斯坦，沒有辦法完稿的理由，看起來，要比麥可・門複雜得多。除了是作者不可推託的個人責任之外，他的研究對象與「理論」取向似乎都增加完成《現代世界體系》最後一冊的難度。

與麥可・門很不一樣的，是華勒斯坦反對將《現代世界體系》的研究歸結為「社會學」

理論。首先，他歷來就反對將歷史、社會學、政治與經濟學劃分成不同的學科。他主張這些學科都來自一組歷史歸納，而且沒有非歷史的概化，所以，應全部統稱爲「歷史的社會科學」。其次，早期的華勒斯坦，仍繼承傳統激進馬克思主義，以改變現代資本主義世界體系爲職志的企圖。後冷戰時期的政治現實，雖然讓晚年的華氏對直接改變資本主義世界體系的高調有所收斂，但在他二〇〇四年才出版的新書《知識的不確定性》中，華氏仍用一章的篇幅，討論他在世界體系的分析的心路歷程中，如何抗拒將世界體系的分析變成一種理論。看來，要等待華氏在最後一冊《現代世界體系》提出他理論總結的人，要大失所望了。

失去了馬克思主義歷史實踐的具體藍圖，在《知識的不確定性》中，華氏除了回歸他重要的知識源頭，法國年鑑史學大師布賀岱，去肯定社會知識的歷史性外，他更仔細地討論一九七七年諾貝爾物理獎得主皮勾金（Prigogine）的不平衡體系理論。皮氏晚年主張，牛頓物理學所討論的穩定均衡的物理體系，其實即使是在物理現象上，也是一種少有的特例，大部分的物理現象，是在絕對特殊與絕對普遍中間，具有單向不可逆轉的時間向度下，不永恆的穩定現象。藉著這個新的靠山，華氏更堅信《現代世界體系》正走向一個體系危機。

若華勒斯坦的四冊巨著有心爲現代世界體系作全傳，華氏最後一冊的工作將得等待體系的崩解（與新生？）才有可能眞正完成。有趣的是，即使華氏的預言是正確的，究竟華氏與現代世界體系，誰會先壽終正寢，也還是未定之天。

生死現象學

香港中文大學哲學系的張燦輝師過境美國，順道來看我這垂死邊緣的學生，帶來他去年與趙茉莉教授出的《追憶與遺忘：對終極的沉思》。《追憶與遺忘》混合著攝影、詩歌、散文與哲學論述。全書雖是以死亡、對死者的追憶與墓地的景致爲主題，但無論是文字還是攝影，卻處處讓人享受兩位作者面對死亡沉思下獨到的美感經驗。

張師鑽研現象學多年。猶記當年課餘，張師自述因爲父親驟逝，對死亡問題揮之不去，毅然由建築轉念哲學。由《追憶與遺忘》看來，幾十年的浸淫，建築與哲學仍然在張師的生命脈動中相互滋潤著。全書張師畫龍點睛的文章〈死亡現象與死亡現象學〉，穿插著三張象徵凝視死亡的墓碑，讓我忍不住，順著張師的目光，一同審視死亡現象學。

張師的死亡現象學討論一開宗就指出，所有對死亡的哲學反省都是從對他者死亡的經驗現象中開始。而「死亡現象學的可能性在於對現象的觀察」。若依達斯特爾（Francoise Dastur）的觀點，胡賽爾現象學的方法無法用在死亡現象學上，因爲：「死亡的確不會『在人身上呈現自身』，透過觀看，絕不能從其表象上辨別得到。因此，死亡永遠不能包含胡賽爾要求我們回歸到『事物本身』，這點似乎十分明顯。」

在張師看來，依胡氏的方法去探究死亡現象學雖然有其困難，並不表示死亡現象學不可能。張師認爲：「海德格對死亡的存在分析實際上就是死亡現象學。」海德格認爲，人是「投向死亡的存在」，「死亡是完完全全的此在之不可能的可能性」，對海氏而言，死亡是我自身的議題。所以張師認爲「死亡不能以外在於我存在的現象來理解，而是作爲在於我存在中現象學地步向死亡來理解。」由此，眞實的人可因海氏的啓發，得以「透過思考死亡來思考生命」。

生病之前寫〈後現代遊牧民族〉時，有感於九一一之後所見所聞，曾寫到：「逝去的生命升天下地，其實都只是生者的憂愁。」正與張師文中所引的胡賽爾相印證。「對胡賽爾來說，至愛死亡占據我們的心比對死亡的存在了解更爲重要。」胡賽爾依著這種見解，反對海德格對自我死亡現象本身的執著。

張師的文章沒有提到的，是胡賽爾對死亡現象學的直接論述。或許這是因爲胡氏不像海德格，並沒有把死亡現象當作其哲學思考的重要基點。若依德希達博士論文的見解，胡氏現象學所必須處理卻未能擺定的主要問題是「生」（genesis）。即使在胡氏面對死亡前，寫給他親人的信上，他對死的感歎仍是生：「正當我走向盡頭，當所有事情都完結的時候，我知道，所有事情，我必須從頭開始……」雖有重生與重死之差，看來胡、海師生的通病，都是抱個「我」不放。

〈國風〉的死亡段落

《詩經》〈國風〉一百六十篇，談到死亡的段落起碼有十三處。即使扣掉兩處談動物死亡的篇章〈野有死麇〉和〈七月〉，也還有十一篇談到死亡。不可謂多，但也不算少。不像近代某些論者認為「『傳統』中國文學鮮談死亡」那麼少。

若對〈國風〉這十幾篇提及死亡的篇章作一分析，即使不得全貌，仍可略見死亡在當時人們生活世界內的蛛絲馬跡。

在談到死亡的篇章裡，出現最多的社會關係是男女（夫妻）。在十一篇談及人的死亡的共計有五篇是男女之間的詠歎，大約一半。〈擊鼓〉：「死生契闊，與子成說。執子之手，與子偕老。」是征夫思念家室。〈谷風〉：「采葑采菲，無以下體？德音莫違，及爾同死。」是棄婦對前夫的哀怨。〈鄘〉〈柏舟〉：「之死矢靡它。……之死矢靡慝。」是婦人在夫死後要從一而終的吶喊。〈大車〉：「穀則異室，死則同穴。」是女人愛上不該愛的人（或謂征男受職責所限，不得往見所愛）以生命相許的誓言。〈葛生〉：「予美亡此，誰與？獨處！……予美亡此，誰與？獨息！……予美亡此，誰與？獨旦！……百歲之後，歸於其居。……百歲之後，歸於其室。」是婦人悼念亡夫（一說是男子悼念亡妻）。若以十三篇計，加上〈野有死麇〉男女調情的一篇，也差不多是一半。

死亡在男女關係中被一再提及，是超越血緣之愛的一種極致體現。愛就是「我以生死相許」。此生有限，至死方休，是面對此有限人生（走向死亡）的人所能彼此應允的極限。「來生」或「靈魂」的「信仰」（幻想？）並沒有在《詩經》的語言中出現，往後中國人說「願生生世世……」之類的說法，只是以死生相許的衍生，其誠摯並不一定比認定此生之後便是「無」的《詩經》男女更令人動容。

〈國風〉中談死亡又談及親人的有兩處。〈凱風〉無一處提及死，卻是對逝去母親的思念。〈陟岵〉：「父曰：『……猶來無止。』……母曰：『……猶來無棄。』……兄曰：『……猶來無死。』」是行役之人思家的詩。寫詩的人相信，親人最不願意看到自己的死亡。如果說〈國風〉男女之愛是與汝同穴，至死方休，〈國風〉親人之愛所表現的則是「你爲什麼要死」或是「請別死」。

〈國風〉對非親人，也非男女愛人的死亡，發出感歎的有一篇。〈黃鳥〉：「彼蒼者天，殲我良人。如可贖兮，人百其身。」是哀歎好人不該枉死陪葬。此詩對同遭枉死的其他一百七十四條人命，不提一字：僅爲奄息、仲行與鍼虎這三個人發出感嘆。換言之，對活人而言，死者是不等價的，這種不等價，除了出於男女之愛或親情之外，也可因生前的行誼，受人愛戴，在死後讓活著的人發出「請別死」的感歎。

〈國風〉還有一篇〈二子乘舟〉，全詩沒有提到死亡，但依照《詩序》與朱熹《詩集傳》的說法，是衛國人思念衛宣公兩個兒子爭相赴死而作。後人多懷疑此解的恰當性。但若此解爲眞，也算是另一則對非親人，也非男女愛人死亡的詠歎。只是詩中對生命不等價的態度，沒有

〈黃鳥〉篇鮮明。

〈國風〉時代的中國人既然對死後的世界沒有幻想，自然可能對此世格外的珍惜。只是勸人珍惜此世，即時行樂的詩卻並不多，只有兩篇。一篇是〈國風・秦〉〈車鄰〉：「……既見君子，並坐鼓瑟。今者不樂，逝者其耋。……既見君子，並坐鼓簧。今者不樂，逝者其亡。」是秦國君臣相見，並坐彈奏的同樂景象。雖爲君臣，但依其同坐同奏的景象，彼此有如朋友一般。朋友同樂，當珍惜當下，時間一過，老了死了，就無法再同樂了。

另一篇勸人即時行樂的詩〈國風・唐〉〈山有樞〉，雖不見朋友同樂的景象，卻也是朋友相勸的詩：「山有樞，隰有榆。子有衣裳，弗曳弗婁。子有車馬，弗馳弗驅。宛其死矣，他人是愉。山有栲，隰有杻。子有廷內，弗洒弗埽。子有鐘鼓，弗鼓弗考。宛其死矣，他人是保。山有漆，隰有栗。子有酒食，何不日鼓瑟？且以喜樂，且以永日。宛其死矣，他人入室。」樞、榆、栲、杻、漆、栗是「天地之材」，衣裳、車馬、廷內、鐘鼓、酒食、琴瑟是「人之財」，余培林《詩經正詁》解得好：全詩暗指天生我「才、材、財」必有用，「暴殄天物，其罪尤大於無才、材、財」。余先生沒有指出來的，是詩人明白點出，死後所有的東西，將爲「他人」得之。詩中雖沒有「人失之，人得之」的豁達，但此世（他人）的延續與將逝去的生命之間的不連續性，在文中卻躍然欲出。此世將由他人延續，他人與詩中主人翁之間的關係不明，無論是其子、其妻、其兄、其弟、寇讎或全不相關的人，都不重要，重要的是在此世的你不可暴殄天物。

〈國風〉談到死亡的篇章，雖然大部分充滿對生的依戀與對死的悲傷，但也有咒人不如去死的。〈國風・鄘〉〈相鼠〉：「……人而無儀，不死何為？……人而無止，不死何俟？……人而無禮，胡不遄死？」是對無禮之人的諷刺。由於這樣的詩只有一篇，很難斷定這是否只是編《詩經》的知識分子的偏好。將禮與生死大事相提並論，若真能代表當時的主流意見，在一個宗教不足以主宰日常生活的社會，是很特殊，卻很不容易遂行的社會理想。

要得到死亡在《詩經》所反映的生活世界中呈現出的全貌，必須要再對《詩經》其他的篇章作進一步的解析。然而，從〈國風〉看死亡，令人印象深刻的是：非血親角色（男女、夫妻、朋友、國人）的比重很高——例如，〈國風〉談死亡的詩中，涉及男女或夫妻的比重（1：2），遠大於〈國風〉所有篇章中涉及男女或夫妻的比重（1：3），或提及死亡的比重（2：25）——對死後世界不存幻想，連子孫繁衍這種自我安慰也沒有提及。死雖同價，但生卻不同價。此生雖可留戀，但若活得不恰當，生不如死。

現觀邊緣——二〇〇五

英雄

社會學家包曼（Z. Bauman）在《死亡、不死與其他生命策略》一書最後，區分兩種會為比自己的生命更高貴、更高尚、更值得的原因放棄自己生命的人：英雄與有德之人（君子？）。若以包曼的分類，張藝謀電影《英雄》中描述的秦王嬴政才是英雄，在電影中宣稱被秦王嬴政「當刺客殺死，當『英雄』埋葬」的劍客「無名」，與阻止殺死秦始皇，最後死在愛人劍下的劍客「殘劍」，只能算是「有德之人」。

包曼認為，對有德之人而言，讓他們赴死的原因，是「其他人的生命、幸福或尊嚴」。對英雄而言，讓他們赴死的原因是「一種觀念的延續、提升或勝利」，這些觀念包括：國家、種族、階級、進步、一種生活方式、上帝或「人本身」。讓有德之人赴死的原因，只能用來合理化有德者自身的死亡，不能被用來合理化任何其他人的死亡。反之，讓英雄赴死的原因卻讓人受到鼓勵或認為應該對他人進行殺戮。包曼因而推論，讓英雄赴死的原因是為保存價值，讓有德之人赴死的原因是為保存他人。

包曼的定義，表面上看起來似乎言之成理。但仔細分析起來，其實關鍵的問題是，除了自己的生命可以為某些原因被拋棄之外，是否有任何原因可以讓人有權要別人死？原因的內容不那麼重要，重要的是可不可以要別人死。包曼沒有直接回答這個問題，只間接地批評，英雄主義很容易導致對殺戮的合理化，而任何對他人的殺戮都是不道德的。包曼進而批判韋伯在〈政治作爲一種志業〉所提出的「責任倫理」正與此種英雄主義同調，無法通過道德的檢驗。問題是英雄可以有道德嗎？或有德之人可以是英雄嗎？

若依包曼定義下的理想型建構，英雄與有德之人雖只有一線之隔——能不能讓他人死——但肯定無法共存的。所以像張藝謀所塑造的無名與殘劍——爲天下因統一而止戰，寧願自己死，也不願下手殺死秦王——只能是「有德之人」不能是「英雄」。反之，爲統一天下的理想，大肆殺戮的秦王嬴政，不是「有德之人」，卻比較像服膺責任倫理的「英雄」。

在張藝謀的筆下，認定無名（與殘劍）是英雄。若我們改一改包曼的二分法，讓「有德之人」，在爲拯救他人於水火的前提下獻出自己的性命時，得享有「英雄」的榮耀，似乎並無不妥。如此一來，張藝謀與包曼對甚麼是英雄的看法，在此得以找到交集。

可是，即使我們如此修改包曼的定義，照張藝謀電影中的邏輯，嬴政該如何定位，卻仍是懸而未決。稍讀歷史，不難發現嬴政肯定不是包曼定義下的「有德之人」，因爲嬴政爲統一六國殺戮無數。張藝謀沒有稱嬴政爲英雄，是不是在他心目中，「有德之人」其實是作爲「英雄」的必要條件？還是他會像包曼一樣，認爲秦王也是「英雄」？

兩種台獨

台獨可以有很多種分類。最近想到的一種分類是用爲人與爲己來分。若依此分類看，台灣在李登輝與陳水扁的領導下，爲己的台獨是台灣目前走向獨立之路的主流。爲人的台獨則留在我幼稚的幻想裡。

說幻想，並不全是憑空揑造。先說一說幻想發生的場景。在七〇年代末，台灣的男生，只要身體健康，年齡符合，每個人都要接受軍訓。考上大學的，大部分在入學前的暑假，就先到台中成功嶺接受集訓。集訓中，除了戰技訓練之外，重頭戲之一是思想教育。我參加集訓的年代，「反攻大陸、解救同胞」的標語口號，處處可見。我台獨幻想的第一類構成成分，與這個口號息息相關。

當年集訓的思想教育課程中，有一門課叫「顯微鏡下的台獨」。上課所用的一本同名的教材，在介紹台獨派別與歷史的時候，作者將個別的台獨運動，歸於不同的外力影響。於是，台獨運動，大致被分爲「美國所扶植」、「日本所扶植」與「中國共產黨所扶植」的台獨。這些分類，是我台獨幻想的第二個構成成分。

幻想成形的導火線，是某次上課前，臨時被指派的即席演講。準備的時間只有早飯後與上課前短暫的休息時間。一上台，我語不驚人死不休地以「我贊成眞正的台灣獨立」開場。論述的大意如今記憶猶新：我說如果中華民國在台灣奮鬥的目標，是作爲中國自由與民主的燈塔，有待來日時機成熟，能夠「反攻大陸、解救同胞」，台灣必須以在政治、經濟與軍事上，擺脫對大國的依賴，作爲必要條件。既然「顯微鏡下的『台獨』」，都是仰賴外來的勢力，自然沒有資格稱得上眞「獨立」。依著這樣的邏輯，我說當時中華民國政府之所以還不能反攻，也正因爲仰賴美日過多。所以，如何促成眞正的台灣獨立，應是當務之急。雖然因爲這一場即席演講，我馬上受到任課老師與政戰主管的調查與偵訊，但當時並不覺得自己的論點有太大毛病。

事後看來，當時的錯誤最主要是對「獨立」的認識太理想化了。目前台獨在台灣內部是主流，其眞實面貌不需要再用顯微鏡去看。從台灣日常的政治活動中，我們可以輕易看出，台獨運動所謂的「獨立」不是去除對美日的依賴，更對「大陸同胞」的生活好壞漠不關心。簡而言之，台獨就是以讓台灣（人）「獨立於中國（人）之外」爲終極目標。除了爲達成這個目的，與世界上其他國家進行的交換（或收買）行爲之外，台獨沒有任何利他的標的。

國際政治的現實，是以利益與權勢爲主導。所以當台灣兩國論一出爐，「爲己」的台獨，只是進一步更有系統地封住在中台互動中「爲人」的可能性。問題是，它眞的封得住嗎？

抱ＬＰ，比拳頭

新聞事件如泡沫，本不值得多說，但最近抱ＬＰ與比拳頭的泡沫似乎隱藏著一些殺機，濺得我心頭涼颼颼的，不吐不快。

中華民國的外交部長，在罵新加坡抱中國ＬＰ之後，說這是台灣南部鄉親所特有的語言。言下之意，這種台灣特有的鄉土情感，實在不是外人可了解的。有趣的是，新加坡跳出來說，這種表達方式其他省份的中國人或許不懂，但閩南人與潮州人都聽得懂這一粗口，而新加坡的華人大部分都是閩南人或潮州人。聽到這種反應，中華民國的外交部長可能正暗自歡喜，心想：「傻瓜，我就是說給新加坡的華人聽的，讓你自己來承認自己被罵，我偏推說這是台灣土話不期待新加坡人懂。」

在台灣朝野爲這一粗口的攻防戰中，太多的注意被放在ＬＰ本身。連「這是上帝給男人的恩賜」都能在女性副總統的評論中脫口而出。但爲大多數人忽略的，是中華民國外交部長提出的「拳頭」論。他說外交是比拳頭的，更引用不具名的美國官員的評論，說蘇聯占領捷克最終證明並不是世界末日。

雖然既不是閩南人，又不是潮州人，也不生長在台灣南部，但在北部鄉親的調教下，ＬＰ這種簡單的粗口，我當然是聽得懂的，不太需要花大腦去推敲。眞讓我好奇的，是終身奉獻給台獨運動的外交部長，以蘇聯占領捷克爲例來說明台灣外交的處境，絕不像只是爲了說著口爽，或是要嚇唬嚇唬台灣人。果眞如此，難道外交部長在預測台灣有可能成爲亞洲的捷克，爲中共在一夕之間所占領，其他國家將會袖手旁觀？若這眞是美國官員所舉的例子，這事更是不單純。看來外交部長在美國壓力之下不得不將這個例子在「適當時機」對台灣媒體說出，以減緩島內的台獨氣燄。可是獻身台獨運動多年的部長心有不甘，防衛機轉啓動的情形下，只有以大罵新加坡來舒緩美國人要他將台灣與捷克相比的怨氣。

其實，台灣也不是省油的燈。行政院長在美國大罵中國是世界的亂源，不就是想抱一抱美國的ＬＰ，希望美國的拳頭對中國有所行動。可惜，外交部長的粗口透露出，先前行政院長的叫罵並未完奏效。粗口事件之後，國安會祕書長又跑到日本去抱日本的ＬＰ，希望日本能變成「正常國家」，重建強大的武力，在台海生變時助台灣一臂之力。隨後僑委會又發表談話，說大家應忘掉日本殖民台灣的陳年往事，向前看。看來日本究竟是受到漢文化影響較深，可能對台灣抱ＬＰ的行爲會有較積極的反應。

無論美日最後對台灣的舉動有沒有反應，若台海關係定調爲比拳頭，受傷害最深的，肯定將是對抱ＬＰ這樣的語言最熟悉的一群。物傷其類，難怪新加坡的外長對台灣的反應是「難過」多於「氣憤」。心繫台灣親友的海外遊子，若看到這一連串新聞泡沫之後的殺機，能不「擔心」嗎？只希望這些擔心是多餘的。

民主不會輸

中華民國有史以來第一次總統選舉訴訟，將中國人的民主經驗帶上另一個新的領域，台灣在這個民主的實驗場上，再一次拔得頭籌。暫且不論是不是所有在台灣的人都認爲這是「中國人」的民主經驗，「世人」好奇的是兩造對「事實」的陳述，和台灣司法的判斷。經濟學家朱雲鵬先生，一篇〈台灣的民主輸不起〉，細述兩造律師對「當選無效」言辭辯論所提的內容。文中敘多評少，只在最後提到，被告律師一再提出：「原告輸不起選舉」，所以提出此一出訴訟；但朱先生卻認爲：「台灣的民主輸不起，而公正的審判正是民主制度之所繫。」「公正的審判」的確是發展民主所必須要面對的重要課題，但法律的審判在現代社會是法律專業的事，台灣法律專業人員與制度是否偏頗，其實已無法由朱先生的一篇文字能有所改變。

雖然法律「專業」會告訴我們，即使法律的制度與執行者沒有「偏頗」，除了原告的事實指控可否被辯駁之外，決定原告勝訴或敗訴的因素還有很多。好在，此一訴訟的歷史意義不在當下誰輸誰贏，而在經由法律辯論行禮如儀的過程，讓更多的事實得以呈現。由於，在法律的攻防下，兩造所提出的事實證據與反駁，可以假定爲是對自己利益最有效的防護工具。所以，當原告提出的事實被告無可辯駁時，其可信度自然大增。由朱先生大文所摘要的兩造最後言辭辯論的內容，可以看出哪些是被告無法辯駁的事實。

一、鉛彈最高溫不超過六十九度，加上彈頭與皮膚之間接觸時間僅不到千分之零點一秒，不足以造成燙傷。（例如，蠟燭火燄溫度有攝氏一千四百度，手指在燭火上移動，即使是十分之一秒，也不可能產生燒灼傷。）可是所有的醫生與鑑定專家都指出，陳水扁先生的傷口是高溫高速的燙傷，此外，夾克的纖維也有受熱熔化的現象（後者，也起碼需要攝氏兩百五十度）。換言之，陳先生腹部的「槍」傷不可能是由所發現的鉛彈造成。被告的反駁：改造槍有高度不穩定性，依日常經驗法則，任何人都不會甘冒生命危險挨槍。所以此一質疑不可採。

二、邱義仁在總統府召開記者會，說子彈在總統身內，是透過黃芳彥得知的。陳水扁先生侍衛長陳再福辯稱是他告訴黃芳彥此一狀況。可是兩人通聯紀錄所進行的時間均在醫院掃描進行半小時以前。黃則辯稱由兩位隨行醫師處得知，但兩位被點名的醫師當時並不在掃描現場。沒有任何其他醫師承認提供此一訊息給黃。同時，許多電台與宣傳車同步宣傳「國親結合共產黨槍殺陳水扁」。被告的反駁：這是言論自由。

三、湯曜明在選前三天，就決定改變往例，讓留守不得投票的軍人由三萬七千增加到十萬六千（伙食紀錄可佐證）。陳水扁先生在槍擊案發生後，以電話下令啓動「國安機制」，更取消或停止軍中「非戰備」人員之休假。被告的反駁：沒有非法限制投票權。

審判的結果雖還未可知，可知的是世人將更清楚認識到陳先生在選舉前做了些什麼。法律的審判很快會過，但歷史的審判才剛開鑼。民主不會輸，台灣只再一次提供了鮮活的案例，讓往後的民主道路更平坦。

也是民族主義

大概因為同是學社會科學，又同得末期肺癌的緣故，最近連續接到熱心基督徒轉交的《從社會科學觀點看信仰》。全文刊於二〇〇四年十一月出版的《中信》月刊，是作者楊小凱先生認識基督教心路歷程的自述。楊先生經濟學用功頗深，自稱帶領一個團隊進行一個被前任諾貝爾獎經濟學得主稱為「現在世界上經濟學研究最重要的『超邊際分析』」。正因為自己學的也是社會科學，對作者如何在經濟史與政治史上推崇，進而信仰基督教，可以理解，卻無法完全同意其立論的理論與歷史基礎。但因為自己身體上的病痛與楊先生同病相憐，不忍在作者已故去之後，在科學的問題上多所責難，畢竟作者最後的重點在說科學與理性有時而窮，「非理性」因素、傳統與信仰，在個人救贖與人類文明的貢獻上有其超越科學論證的價值。可是文中真正令我震動的卻是楊先生在對「非理性」因素、傳統與信仰這些文明發展要件的討論裡明顯缺席的要素，一些屬於中國的要素。

文中提到的中國幾乎可以用「留白」來形容。唯一現出模糊形貌的都是中共近幾十年運用在現代國家機器的工具痕跡：文革的監獄、歷史唯物主義、一胎化政策。這不能怪楊先生，因為這是中國人這一時代的病。（哪個時代沒有病呢？）記得十幾年前，系上迎新會上有兩位大陸來的新生，一個是老三屆的老留學生（年齡與楊先生相仿），另一位是高幹子弟，新潮先進，當所有同學的面就說那位老留學生是「時代的悲劇」。時間再往前推，在我出生（或楊先生十三歲）那一年，唐君毅先生已經在《祖國週刊》上痛陳：「看今日之中華民族之失其所守……如大樹之花果飄零，隨風吹散，紛紛託異國以苟存，此中縱無人可責……畢竟是整個中華民族分子之心志，離析散馳，而失其所以爲中國人，亦失其所以爲眞人而具眞我者。謂之非中國之大悲劇，不可得也。」

重讀唐先生的〈說中華民族之花果飄零〉雖然感受仍深，但事過境遷，總覺得論述的調子可以再寬些。唐先生文中雖洞察到各個文化傳統能守其所守的正當性，但卻在面對中國之大悲劇時自我憐惜多過其他可能的轉出，例如：「護己卻不必然爲己」的悲願。借用魯迅一九三三年〈九一八〉文中的話來說可以是「倘中國人而終不至被害盡殺絕，則以貽我們的後來者」，只不過此處的後來者卻何必只限於狹義的中華民族，而何嘗不可是全人類。如此一來，各個文明傳統的子民對「非理性」因素、傳統與信仰的保守不（只）是出於「競爭」，更是一種「責任」。作爲世界公民該盡的保守文明物種之責。如此，唐先生對各個文化傳統能守其所守的正當性或能得到更進一步的開展。也在這種開展之下，我們才可以理解陳映眞在《父親》書中提到父親對他的叮嚀：「你是上帝的孩子。其次，你是中國的孩子。最後你才是我的孩子。」與陳映眞強烈的民族主義如何有可能不齟齬（雖然陳映眞願用「眞理」與「愛」去取代「上帝」）。讓我這不是基督徒的頑固分子引這話給自己的孩子，也只要用「天地」去取代「上帝」便會覺得毫不矯情了。只是這「護己卻不必然爲己」的民族主義，並不在陳映眞同書所提到的「侵略者民族主義」與「被凌辱者民族主義」兩類之內。

權力的歷史

當政客與其幫凶將歷史在權力下蹂躪時，我們何不在將權力回歸歷史的方向上出點力。最近中華民國教育部與考試院對中國史、台灣史、台灣後殖民期的地位等歷史問題吵得沸沸騰騰。發難的諸公（杜正勝、姚嘉文、林玉体、周樑楷）可能打心底認爲歷史的應歸權力與意識形態。他們可能認爲，掌權者的主流意識形態，應該用來決定基礎歷史教育中對歷史事實的選擇與詮釋。如果他們眞是這麼想、這麼做，他們就成了政客與政客的幫凶，正在將歷史放在權力下蹂躪。

對杜、姚、林諸公所知有限，雖然他們做政客與政客幫凶的嫌疑不比周樑楷來得小，先按下不表。對周樑楷先生所知較多，忍不住要說得多些。周先生是我在東海大學寫碩士論文時，少數在台灣發表與年鑑學派有關著作的學者。當時除了對周先生當時所發表的文章仔細閱讀之外，在論文成書之際，特別前往台中中興大學校本部歷史系請益。談話的細節已不記得，只記得彼此同對年鑑學派的新史學推崇有加，相談甚歡。

年鑑學派的史學家特別輕視政治史，在台灣這一波政治爭議下本不太相干。但在幾個具爭議性的論題上，又不能說完全使不上力。首先，年鑑學派的史家傾向主張：現存的政治疆域不必然是史家說故事最好的單元。史家對歷史之洋的探究必須要將時間拉長，空間放大，去找尋歷史生命的軌跡，去找尋變與不變之間，去找尋歷史本身的語言與說話。若以此史觀看，將歷史教科書多放些台灣史，少探討一些中國史，其實只是將歷史空間縮小，探討的時間縮短的另類作爲罷了。從年鑑學派的觀點看來，這不可不謂是在開倒車。年鑑史家在陳述歷史故事時，特別重視不要從當權者的政治糾葛中看問題，而是要從日常生活的底層去找尋故事的主架與血肉。果眞以此一進路去探究台灣與中國，如何依政治事件去切割中國史與台灣史，實在顯得是學術上的兒戲（雖然此舉可能對當權派有重大的政治意義）。最後値得一提的是史料。這不是年鑑學派的專利，但要學者在原始檔案中找尋歷史軌跡，確實是年鑑史家一再的忠告。周先生的業師逯耀東先生，在事發後對周先生最露骨的批評，就是周氏與其同僚在對後殖民台灣的政權歸屬上不看史料，只看上古史學者杜正勝的讀書筆記拍板定調。是耶？非耶？若果眞如此，周先生眞的是墮落了。

周先生在事發後一再強調希望大家尊重專業，相信他歷來爲高中歷史教育的執著與投入。只是到目前爲止他還是沒有告訴大家那些爭議性的變動——台灣地位未定、中華民國建國與來台分爲兩（敵）國的歷史、歌頌日本殖民、避談日對台的剝削與台對日的抵抗死傷、避談清朝時中國對台兩百多年的歷史——到底是出於那些「專業」人士以如何的「專業」基礎作出的判斷。杜、姚、林、周都說歡迎討論，尊重不同意見。我看到的只是拍板定案（或未定案），沒有看到對實質問題具體的討論。若這只是赤裸裸的權力，我們要把它清清楚楚的記下來，讓它變成歷史。

對傅柯的兩種閱讀

已逝的法國哲學家（他對自己的學問有不一樣的封號，但我暫且仍稱他為哲學家）傅柯，重要的貢獻之一是他對知識、權力與眞理的解析。可是讀者如何在他眾多精采作品裡找尋傅柯對此一問題的答案，可能會有大海撈針的感覺。不同的學者可能會有不同的解答。同一個讀者也可能在不同作品中得到不同的印象。例如，最近討論權力的歷史時，便發現對傅柯對知識、權力與眞理的解析可能可以有建構與解構兩種用法。

在建構的用法下，有人會將《知識／權力》一書所輯的訪問稿如下的段落，用來合法化當權派指鹿為馬的行徑：「知識分子基本的政治問題不是去批評，與科學可能產生連結的意識形態內容，或去確保，自己的科學實踐所伴隨的是正確的意識形態，而是去確認，新的眞理政治持續進行的可能。問題不是去改變人們的意識——或腦袋裡的東西——而是（去改變）產生眞理的政治、經濟、制度的體制（regime）。」於是，只要是新的勢力上台，產生眞理的體制可以隨之改變，眞理的面貌與內容可以（應該？）隨權力而改變。這讓我想起，數年前美國「台灣人公共事務協會（FAPA）」一位理論家，在威斯康辛寞地生校區的一場演講，提到台灣應如班內迪克．安德森《想像的社群》所發現的，運用現代國家機器去建構屬於台灣的國家神話。往後沒多久，中央研究院有一群主流社會學者，為國家發展基金會匯編了一本族群關係與國家認同的集子，大肆宣揚上述對《想像的社群》類似的解讀方式。一位非主流的社會學者對該文集的批評，受到台灣學術界明裡暗裡少有的大規模圍剿。據說，逼著該學者最後完全放棄對政治社會學與國家理論的研究。看來近來台灣教育部與考試院的一系列造史運動，只是又一個企圖建構式地使用《知識／權力》或《想像的社群》的例子。

但我比較受到解構式用法的吸引。首先，傅柯用力最深的作品，精采的是對人類存在狀態一些關鍵問題——例如：精神病、疾病與死亡、監獄與懲罰、性——的「歷史」解析。雖然他主張所有的歷史都是當代的，但他的解析對當代的意義卻是解構的，透過「眞理的歷史」呈現的是當道的權力與眞理的關係，借用歷時性結構的差異對比，破解主流的霸權，但從未推崇另一種霸權取而代之。說他是「解構」式的用法的另一重點，是在他的主要經驗研究裡，很少針對特定一群當權派的特定意識形態去作批評，而是對比不同體制下的遊戲規則的差異，讓讀者看到一般視之爲理所當然的規則背後的權力面貌。如此，上面傅柯訪問稿「新的眞理政治持續進行的可能」與「不是去改變人們的意識……而是（去改變）產生眞理的體制」應受到特別的重視。

可惜，傅柯假設沒有科恩（G. A. Cohen）所謂：馬克思歷史理論中發展與進步的基設，又沒有強調批判理論對將人類帶向痛苦的最後反抗的悲願，或取代這二者的替代方案，無論是建構或解構式的傅柯都會爲有心的讀者留下無心的遺憾。

人頭馬

唐君毅先生三十二年前刊登在在《明報》月刊的大文〈海外中國知識分子對當前時代之態度〉中，討論了很多中國共產黨政權的未來。如今看來，唐先生的先知卓見很多已逐步應驗。但也有很多，以事後孔明的角度來看，還可以進一步發揮。唐先生說：「中共之『中國性』與其『馬列性』，原有一種內在矛盾。依此內在矛盾，而以其『中國性』，揚棄其『馬列性』……台灣國民政府，即不須反攻大陸，兵不血刃，而無異完全勝利。」又說：放棄馬列，放棄共產黨名稱之後「中共的人即可變成道地的中國人，不是半人半馬的人頭馬」。我看唐先生是太樂觀了，或唐先生對中國性的定義也太狹隘了。現在我們看到的是什麼？

雖說「馬列性」在中國大陸不再如三十年前那麼風行，「放棄馬列，放棄共產黨名稱」卻言之過早。現在流行的說法是「具有中國特色的社會主義」。是「人頭馬」還是「道地的中國人」可能是見仁見智，各家看法不同。看來不是正也不是反，而是一種不可逆轉的合。馬列即使在中國最終能完全退位，其對去「中國性」所做的功，已經變成中國的一部分。例如簡體字，對中國文化的傳承絕對是壞的，但這在馬列與中國歷史交會下偶然的副產品，已經成爲中國歷史本身。失去了馬身的人頭馬，可以是人，但不必然是唐先生心中的中國人。他們可能很會做生意，很勤奮，很聰明，是科學家，但他們卻可能從基督教去找尋生命的意義，從西方文化去找尋人文的養分。他們不會對打倒孔家店再感到興趣，只是大多數人不知道孔家店賣些什麼，只覺得不相干。

馬列主義的退位，從馬克斯的歷史理論來看其實比從中國性來看更準。近代社會主義與共產主義國家向市場經濟轉進，若用馬克斯歷史理論的眼光來看，都可解釋成市場經濟在現階段的人類社會，對提升生產力最有利，所以勢不可擋。若脫離此一基本面，以政治的手段強加不同的生產與分配機制，注定是要失敗的。

至於唐先生「台灣國民政府」這一段，更是看了令人心酸。本來兩岸所爭的，可以從長期社會制度的演變分一高下。只是台灣的「中國性」在民主與市場經濟的土壤上，成就了充斥著社會我執與內捲式「差序格局」的變種。我說這肯定是具有中國特色的。看一看民國初年的軍閥割據，和中共統治之前，中央與地方的關係，就可以看到類似的分裂主義，只是所使用的政治與軍事機制有異罷了。這具有中國性的格局，在歷史時空的偶然安排下，讓有被殖民經驗的純漢人，用百分之一百的中國語言大聲疾呼「我們不是中國人」。政治人物在鼓吹獨立建國之餘，穿上和服，在媒體上對台灣的下一代說：「年輕人，你不覺得少了些什麼嗎？」本來兵不血刃的完全勝利已唾手可得，卻在社會我執作祟之下，不與共產制度爲敵，卻與中國人爲敵。島內的鬥爭讓具有強烈「中國性」的台灣人，變成半藍半綠的新人種。未來是不是還是中國人，看來比較不是文化傳承的問題，而比較是政治與經濟的角力。大膽預言一番：其中的成敗，可能仍如馬克斯理論所預期的，要看何者站在助長生產力成長一邊。除非，如華勒斯坦所說，具毀滅性戰爭面貌的「反體系運動」出現，改變這一路向。究竟如何？讓我們拭目以待。

論貧窮

安貧樂道，是中國人所推崇的一種美德。但對這種美德的推崇，不能，也不應該取消社會上的「貧窮」問題。尤其是兒童貧窮的問題。

在《論語》中，孔子曾稱讚顏回：「賢哉，回也！一簞食，一瓢飲，在陋巷，人不堪其憂，回也不改其樂。賢哉，回也！」除此之外，功成名就的人，刻苦奮發，終至成功的例子，比比皆是。所以，在中國無論是爲求「道」，或爲求富貴，安貧與奮發，都是窮人的世俗典範。這在古代社會其實是少見的，重要的原因之一，是社會流動的機會。在大部分文明地區，古代社會身分地位，往往一出生便定調了。貴族長子，世代爲貴族，爲貴族工作的農奴，無論多奮發，沒有向上流動的機會，大多也沒有資格受教育，更不要說求道或求富貴了。例如，何炳棣先生對古代中國社會流動的名著，就以史料證明，前現代中國的社會流動機會比獨立後的美國還大。

可是，無論是安貧樂道的處世態度，或是奮發向上的成功典範，都將面對貧窮與脫離貧窮，化約成個人的問題，從而忽視，或在相當程度上減輕了社會整體對貧窮的責任。這種走向，在現代資本主義社會更形制度化。在近代西方幫助催生現代資本主義的新教，將刻苦向上以至成功的典範，由傳統中國視爲個人德行的層面，提升到上帝旨意的層面。從而影射貧窮爲被上帝遺棄的證明之一。此外，依新古典經濟學的分析，現代市場經濟的重要支柱之一，便是將個人的地位與財富作爲個人成就的回報。這種理論在社會認知上，更被擴張理解爲：個人成就可以從其地位與財富去衡量。

頭腦較清醒的社會學者，會仔細的解析立足點的不平等，測量由出身所導致的不平等，對上面以個人成就爲衡量標準的經濟體系扭曲的程度。威斯康辛大學最近的研究結果顯示，這些不平等，在美國社會只會影響到一代，不會有隔代的影響。這樣的結論，雖然對僅看個人成就的取向有所抑制，但對貧窮本身的觀照卻是有限的。此外，這樣的結論讓美國人更相信，子女的成就，是由夫妻與子女所組成的核心家庭的責任。美國在九〇年代末所進行的社會福利改革的方向，就是相信，一個建全的社會福利制度，應該迫使或鼓勵核心家庭的父母去承擔起小孩經濟福祉的責任。無論這一改革的理念是否正確，美國兒童貧窮的比率，在改革後，卻仍是讓人觸目驚心的。

在兩千年初，美國每十個十八歲以下的小孩，就有將近四個面對家庭經濟資源不能滿足所需的狀態。即使以美國政府官方嚴格定義下的貧窮定義計算，也有大約百分之十六的兒童生活在貧窮線下。根本的問題是，除了教這些面對經濟匱乏小朋友「安貧樂道」、「奮發向上」、「證明上帝的榮耀」，以及對他們強調，爲了不使這一不幸延續到下一代，他們往後應對自己的子女負起責任之外，社會國家是否只需要兩手一攤，說：怪只怪你那不爭氣的父母？

歷史未終結

日裔美國學者福山，一九八九年在一本出版沒多少年的期刊《國家利益》上，刊出一篇短文〈歷史終結〉，一九九二年，此一短文被發展成書，獲得各界熱烈的討論。說日本人善於抄襲、模仿、包裝、銷售，在福山的成名作中可見一二。

歷史終結的理論至少可以回溯到德國哲學家黑格爾的歷史哲學。對黑格爾而言，歷史是絕對精神異化與回到自己的歷程。當絕對精神回到自己，歷史便終止了。馬克斯歷史的遠景中，白天釣魚晚上讀柏拉圖，各盡所能各取所需的共產主義天堂，也不再有馬克斯所謂生產力與生產關係糾結的歷史。如果人類社會果眞能達到這一境地，對馬克斯而言，歷史也終結了。福山雖然沒有強調絕對精神的異化，但強調黑格爾所謂的歷史充滿了不同理念（ideas）的衝突。福山認爲，隨著資本主義無可比擬的優勢，「充滿不同理念衝突」的歷史過程終結了。以後人類社會雖然還會有事件，但不再會有歷史。多麼言之成理，但完全違反常識的論述，又是多麼危言聳聽的題目，自然引起了廣泛的討論。賣書與成名的立即利益唾手而得。

福山的論述表面上是講「充滿不同理念衝突」的歷史過程終結了，但當他指出此一終結是因著資本主義無可比擬的優勢而來，顯現其論述骨子裡其實是離不開對生產結構發展可能性的想像。可惜無論是由理念或生產結構的角度看，歷史終結的論述都站不住腳。在理念的衝突上，例子多得不可枚舉。例如，另一位美國教授杭亭頓一九九七年出版的《文明衝突與世界秩序的重建》就以類似福山一般譁衆取寵的方式，主張後冷戰的衝突，將以不同的宗教文明劃分爲不同陣營。除了伊斯蘭教與基督教之外，「儒教」也成了一個陣營。且不論杭亭頓的論點是否完全站得住腳，顯而易見的是，理念的統一，不是資本主義已經完成的工作。若以生產結構的角度看，福山論述所隱含的最大膽假設，其實是認爲資本主義是人類經濟發展的最後階段。好一個妥協於現實的立論！但對生產力的發展會把人類社會帶往何處的疑問，並不會因爲蘇聯與東歐的解體而完全止歇。沒有大預言家的歷史發展，不見得就不是歷史。

最終的問題是，當歷史的大預言家短期失效時，擺盪在期待預知歷史未來，與傾向和現實與強權妥協的歷史終結論之間，是否有第三條路？答案是肯定的。一方面，以全人類作爲一個類的存有的、單數的整體史，愈來愈被看做複數的「諸史」。另一方面，對未來過度理論化，以企圖完全預測或控制未來的傾向，可以被感性的與美感的走向取代。未來可以是「日新」卻不一定是「進步」。能斷定「新」的除了實用與效率之外，還有美感。未來，不一定是啓蒙運動以來對「控制」與「預測」的絕對臣服，也可以是因拒絕不快樂而產生的反抗。即使強勢的資本主義文明有高度的惰性與穿透性，誠如傅柯的警語，知識分子的責任正是：「去確認新的眞理政治持續進行的可能」，與「去改變產生眞理的體制」。看來，歷史即使在另兩條路上終止了，可是在這第三條路上仍是生生不息。

巴別塔

巴別塔（The Tower of Babel）是基督教《聖經》〈創世紀〉第十一章的歷史／故事。最近與梁燕城先生的對話，讓我重新思考這一則歷史／故事的社會意涵。

妻子在美國的大哥大姊，看我肺癌轉移到背、到腦、最近又轉移到肝，總覺得我早該信基督教了。他們研判，我不信的原因，或許只是所託非人，無法突破我的心防。他們看我張口儒家閉口儒家的，決定找現在活躍在華人世界，以融合儒家與基督教爲職志的梁燕城先生與我談一談。梁先生問我有何不安？我說我對此生將盡沒有甚麼不安，因爲這是人人都得面對的。我向他解釋這個對話是親人安排的，爲了不使他們不安，我才答應參與。由於沒甚麼好談的，我就把以前在《明報》上討論到他的文字提出來。我說：「此生若眞有不安，是見到基督教在馬列主義挖空了將近兩代中國人親近中國文明養分之際，趁虛而入。」這位唐君毅先生的弟子，立刻地回應說：「我當然是要以中國文化作東道主，請基督教、回教、猶太教一同來作客。」我說：「就個人生命解脫而言，有多少華夏子孫決定採取基督教的方式，完全是個人自由，無可厚非。但就文明延續而言，（以基督教的語言來說）上帝創造萬有，也創造了中國人與中國文明，中國文明與基督教文明在教相上有明顯差異。這種差異必有『天命』。」

我深知基督徒的習慣，凡人論「天命」，只能由基督教《聖經》去找。這讓我想到不久前又讀到的巴別塔。這一則歷史／故事很簡單。大洪水之後挪亞的後代都講一樣的語言，他們合力造一座塔，企圖以塔頂通天。「耶和華看到了說：『讓我們下去，在那裡變亂他們的口音，使他們語言彼此不通。』於是，耶和華使他們從那裡分散在全地上；他們就停工不造那城了。」看來在基督教《聖經》中的確有「天命」讓世上的人們在語言文字上不同，（自然）讓人類社會出現走向不同的文明。如此一來，人們也就不會閒著沒事幹去蓋這通天之塔了。

「絕地天之通」不是基督教《聖經》所特有的「神話」，《山海經》也收有類似的「神話」。但是以打破「同文同語」爲因，以（「自動」）停止通天爲果，卻是頗有特色的隱喻。君不見西方文明中常見的大方向：所有人都應信耶穌除原罪以獲得永生、人作爲類的存有走向（生產力的）進步、科學是知識唯一可靠的基礎……都預設了某種「同文同語」的量尺（或起碼假定基進的完全翻譯是可能的），也都顯示了某種蓋「通天之塔」的野心。

若以巴別塔的教訓看對中國文明特色的保存（包括不信基督教），只是不違逆耶和華的旨意罷了。用《中庸》的語言講：基督教文明與不信西方意義一神教的中國文明（和許多其他的文明）並存，是天之道；如何面對這種「差異並存」的人間世，則是《中庸》所謂：需要以「誠」相對的人之道。從梁先生二〇〇四年的新書《尋訪東西哲學境界》看到梁先生如何從「以中國文化作東道主」到用基督教的上帝去抹平差異（或以「高下」取代「差異」），看來下一場與梁先生人對人的對話，將以討論「人之道」開端。

消逝的儒家

儒家，中國文明的重要基石，正在中國人日常生活中逐步退位。這從中國人如何過舊曆年可以略窺一二。

歲末天寒，身處異鄉，每到過舊曆年，總得挖空心思去想過年該做些什麼。在美國，猶太人許多節日都被承認，可以大方的放假，以猶太人所特有的方式去慶祝。中國人在美國過舊曆新年，除了中國城有特別活動之外，若碰到星期中的工作日，對上班族而言，實在沒有什麼辦法眞正的慶祝。今年的舊曆年除夕是星期二，所以又是一個不能好好慶祝的新年。

過年，除了大吃大喝和給小孩紅包之外，最重要的活動大概就數大掃除與祭祖了。出國這許多年，過年或過清明節，從來沒有祭過祖——國外的留學生中，幾乎沒有聽過有人祭祖。眞想祭祖也不知道從何祭起。房子內放牌位的地方往往也很難設定。總之不祭祖的理由可以有一籮筐——所以出國十幾年，過年總覺得少了些什麼。現在想起，少的大概不是新年的假期，而是祭祖儀式所帶來的社會歸屬感罷。

在國內過舊曆年的狀況如何呢？想來各地的風俗習慣保存的，一定要比國外遊子所能保存的完整。只是在現代社會的生活步調與生活方式下，變化一定也不小。以台灣爲例，有一些錢又有閒的家庭，過舊曆年，往往是出國旅行的好時機。爲避開尖峰，出國的時機甚至常在除夕前，除夕祭祖當然也就免了。

儒家很重視祭祀，但一切得依禮而行。問題是對現代人而言，祭祀的「禮」是什麼？沒有一個標準答案。當儒家從作爲禮的權威退位，在日常生活裡，其角色就已遜色不少。在現代之前，大家族的長輩，或家中的讀書人仍扮演定義祭祀禮節的角色。這些人仍扮演日常生活中「儒者」的角色。但當連這些角色都隨著生活型態轉變，而逐漸退位時，儒家在祭祀中形式上的角色幾乎完全喪失殆盡。

其實，儒家在日常生活中角色的「轉換」是不可避免的。現代世界，主要文明的宗教傳統，沒有一個不受到現代社會生活方式的挑戰。問題是，幾乎所有主要的宗教傳統，都有「專業」的宣教人去處理「禮儀」的問題。都有「教會」或類似的組織去處理教義與日常活動的事宜。這些都是現代「儒家」所沒有的。原因很簡單，「儒家」本來就不是宗教。專業的宣教人、教堂都不可能出現在「儒家」傳統中。問題是沒有這些制度性的輔助，加上現代知識分子又不再需要以熟讀儒家的經典去取得功名，「儒家」不從現代中國人的日常生活退位也難。

從現代中國人日常生活退位的「儒家」，如今只能躲在學術殿堂中，成爲少數學者智識遊戲的對象。逢舊曆年，在不知如何祭祖的尷尬中，想起消逝中的「儒家」，也只能默哀。

想我「敵國」的親人、祖墳與其他

最近中華民國副總統呂秀蓮女士又再度在媒體上稱中國大陸為「敵國」。也在最近，哥哥輾轉從台灣寄來一張CD，裡面的相片，都是他回湖南、武岡、熊家莊尋根之旅所照的（敵國）——作為桃園大家族成員的呂秀蓮女士，大概只有在台北與桃園兵戎相見，又正好是台北國民的情況下，或許有可能體會，我手上拿著CD看到她電視上談話的心情。兩岸的戰爭本是國民黨與共產黨的鬥爭，但時間、空間，加上政治人物的愚蠢，讓它現在已幾乎成為兩國的鬥爭。好在兩岸的大門已開，當在上位的高喊「敵國」的同時，兩岸的親人已可以見面，在「敵國」有親人的中華民國國民，雖然充滿政治正確的尷尬，但在過去十幾年，去大陸尋根還是客觀上被允許的。當然，已開放這許多年，去大陸純旅遊、作生意、工作、求學的中華民國國民早就遠遠超過回去尋根的人，只是每個人都有自己的旅程與自己的時刻表。

透過哥哥帶來的相片，終於清楚的看到長沙的姑奶奶，熊家莊的兩位叔叔與他們的家人，殘破的陸家老大宅（陸家人全被從老宅掃地出門），大宅旁陸家人建設中的新宅，被徵收了的舊日陸家田地，武岡城裡的陸家老宅……

在這些相片裡讓我流連最久的是兩個墓碑。一塊九〇年初修的碑上，刻著自小過年過節都要祭拜的曾祖父母名諱，另一塊去年重修的碑上，刻著從小寫在同一個牌位上的祖父名諱，與略爲陌生的祖母名諱——祖母過世，父親一直到九〇年初回家鄉才確定，所以從小祖母不在祭拜之列。讓我訝異的是不只是我與兄的名字刻上了這兩塊墓碑，更讓我驚訝的是二〇〇四年立的祖父母這塊墓碑上，連我們幾個女兒的名字也刻了上去。我只知道上一次我們的名字已上了家譜，那是「大陸家」的記錄，現在這塊墓碑卻深深地，將自己和女兒們，與父親在大陸的直系血親，刻在了一起。從二〇〇四年清明開始，我與女兒們無論在那裡，只要大陸的親人在這碑前祭拜祖父母，我們都可以參與。即使是「敵國」間開戰，即使是統一失敗……這就是「有根」的感覺嗎？

奇怪的是，這些相片讓我熱淚盈眶的不是從未謀面的親人身影，不是聞而未見的老宅，不是熊家莊的種種，也不是那兩塊墓碑（墓碑雖有些憂傷，但基本上心是踏實的），而是長沙嶽麓書院的相片。想年輕時，曾與善豪兄（父親也是湖南人）相約，屆時學問有成，要回長沙嶽麓書院（現稱湖南大學）作育英才。如今我惡疾纏身，學問乏善可陳，敵我之辨又如此極端，看來連去湖南大學參觀的機會都很渺茫，更不要說去作育英才了。毛澤東有一詩，與王守仁和朱熹的詩，一同被展示在嶽麓書院的「赫曦台」，其中兩句：「莫嘆韶華容易逝，卅年仍到赫曦台」，對我不無鼓勵。只是卅年還活著嗎？學成了嗎？大陸與台灣還是「敵國」嗎？嶽麓書院一千多年，號稱全世界最古老的大學，對未來這卅年的可能變化，當然是不動如山，因爲它的生命是以千年來計算。

差異並存

幾週前在《明報》討論巴別塔的時候，曾提到，從《聖經》巴別塔故事可以看出，文明與宗教在人類歷史上的「差異並存」，是得到《聖經》支持的「天之道」。可是不久之後，有位基督教的傳道人說：「(你）所強調的『差異』思想，正是今日動亂之源，若所有文明均用差異爲由，拒絕對話溝通，最後就只能消滅對方，你死我亡。」

其實我所強調的是差異「並存」，但由這位傳道人的反應，可以看到，不是所有人看到「差異」，想到的一定是「並存」，在很多情況下，許多人看到差異，想到的可能是「你死我亡」。這在人類歷史非常常見，這也是杭亭頓《文明衝突與世界秩序的重建》所提出的主調之一。「巴別塔」所談的「差異並存」，是將既存的人類歷史事實，與「天之道」去相互印證，超越了「差異並存」是在衝突下的恐怖平衡，或和平共存這一類問題。

存在差異的團體間對話溝通，雖然不能保證它們之間的和平共存，但良好的溝通，的確是和平共存的必要條件。差異有可能只是誤解。在這種情況下，爲避免發生「你死我活」式的衝突，恰當的溝通最能發揮作用。

但並不是所有的差異都是基於誤解。人類社會有很多差異的確存在，而且，群體與群體，或個人與個人之間的差異，並不一定全都可以消除。不能消除，或很不易消除的差異，在社會群體間，會有可能成爲衝突的來源。這時溝通仍可以幫得上忙。差異的雙方，若因溝通而了解彼此之間的差異，與爲什麼差異不可能消除，自然可以減少衝突發生的機會。差異雙方必須認識到，因差異所產生的緊張，不可能用抹平差異去解決，但若條件具備，和平共存是有可能辦到的。德國社會學家齊默爾的「異鄉人」理論，雖然大部分在處理異鄉人的特質，但文中齊默爾也點出，當彼此之間有不可能抹滅的差異，卻仍能和平共處時，彼此所依賴共處的原則，才是眞正「普遍」的原則。

其實，差異也不必然帶來衝突，更不要說一定會「你死我活」。現代社會的分工精細，各個領域之間所需要面對的工作差異，不可謂不大。法國社會學家涂爾幹，就視這種因分工而產生的差異，爲現代社會社會整合，與現代人自由的來源。另外，差異也會隱含社會結構或社會生活中的權力與剝削關係。

在差異並存的社會裡，彼此相似程度的高低，並不一定與衝突發生的可能性成正比。例如，中國與印度佛教的「上帝」與基督教文明之間的差異程度，絕對不會比基督教與其他一神宗教（猶太教、回教）來得小。但是在現世已發生，與可能會發生的衝突中，一神宗教之間的衝突，卻遠大於一神教與中國或印度佛教的衝突。

由此看來，「差異並存」雖是「天之道」，但如何面對差異，卻是人人需要深思的「人之道」。

臨終？

肺癌的病情惡化，醫生若無其事地告訴妻子，我必須住院三天接受不同的化療。三天過了，醫生又若無其事地告訴我，右肺的積水有增加的趨勢，所以我還得留在醫院五天，插管處理積水問題。然後呢？我希望有人知道。

住院住久了，社工員找上門，短暫的訪談中，她問我有沒有寫遺囑，要找那一個宗教的教士來爲我禱告？看來我是被歸在臨終病患這一類。我說我還沒寫遺囑。我是儒家，所以她列出的教士都不對。於是她急著要了解儒家的傳教士叫甚麼。向她解釋了半天，不知她聽懂了沒有。

臨終沒有傳教士禱告，只有家人陪伴，也沒甚麼不好。只是如何下葬？我自己想起來都頭大，不知家人到時候要如何處理。爲了這個原因去信個教，也沒甚麼不可以，但有生之年對信仰的執著，就此功虧一簣，似乎又有點心有不甘。看來不能處理的，得交給家人去傷腦筋了。

聽說以前的中國老人很豁達。自認快過世的人，會先自己爲自己購置棺木放在家中。想必這些老人對如何交代後事，一定有很多的例子可以遵循。身在異鄉爲異客，面對死亡竟有像第一次去西餐廳吃西餐的感覺，一切都要從頭學起。

大學學姊到醫院看我，我問她怎麼寫遺囑。害得她心情低落。老長官，尼爾・邊內（Neil Bennett）教授來醫院看我，勸我放下手邊一切的工作，把時間留下來陪伴家人，專心求復元。這引發了我們一連串的爭辯。尼爾一直想告訴我，留得青山在，不怕沒柴燒。我一直想告訴尼爾，我需要找到工作與健康的平衡點，否則如何有可能眞正的「復元」。

與尼爾的討論，讓我想起，去年暑假張師過境紐約，我在他面前抱怨，若我能清楚知道大限，事情比較好安排。張師提醒我，無論大限遠近，每天該怎麼過就怎麼過，這才是恰當的生活。換言之，若做不到這一步，就表示生活的安排是有問題的。聽了這話，當時覺得如醍醐灌頂。只是這一套說辭，並不能說服尼爾。看來學習如何適當地安排生活，還有可以努力的空間。

尼爾是猶太人。我說若有機會選擇一神教，我可能會選擇信仰猶太教。因爲我比較喜歡《舊約聖經》的天道觀，另外看到信猶太教的朋友，相當重視家庭。若不去猶太教的寺廟，大部分的禮儀都可以由家長在家中完成。此外，若醫院社工員問起，當事人可以選擇要或不要請猶太教的教士。猶太教也不向外傳教，所以教徒沒有傳教的壓力，也不給別人壓力。尼爾笑我太小看入教的門檻了。他說，他臨終的時候，只要有家人陪伴就好了，應該不會去找猶太教士。我沒有追問，他會如何處理下葬的事。但我知道他從小在紐約長大，無論如何處理，應該都有親友可以幫忙。

談了半天，當然沒什麼答案。只是談著談著，「臨終」從社工員嚴肅的追問，成了等待出院時與親友談論的話題。

天地君親師

以前，中國人家庭的神位，除了列上祖先之外，有時也會奉上「天地君親師」。雖然很難考據這個傳統是從那個朝代開始，但民國建立之後，「君」不存在了，一般民衆用「國」來取代「君」，於是就改奉「天地國親師」。最近讀到李澤厚先生在他的《論語今讀》中，也提出用「天地國親師」取代「天地君親師」的主張，只是李先生主張對「國」應有特殊的詮釋。即使如此，在祖宗牌位上供上這幾個字，其實還是不倫不類。

法國社會學家涂爾幹曾說，宗教儀式本身，其實就是社會神聖性的顯現。從這個觀點來看，「天地國親師」或「天地君親師」正赤裸裸地顯現兩個不同政治結構（現代國家，與君主王朝）社會神聖性的差別。中國沒有特定的宗教，但最普遍的宗教儀式活動，就是祖先崇拜。若這五個字與祖先牌位列在一起，每當一個家庭在祭拜祖先的時候，也就強化了這五個字所代表的社會神聖性。雖然，「天地親師」的神聖性，不像「國」或「君」這兩個字一樣，受到政治制度變化所影響。但從社會神聖性，或更貼切地，從以透過創造社會神聖性，去強化政治結構的角度看，「天地親師」這四個字，相對於「國」或「君」這兩個字，其實只是陪襯，眞正的重點應是居於中央的，「國」或「君」這兩個字。

記得最近兄長從湖南老家照回來的相片，照到陸家親族三個不同的祖宗牌位。我發現，兩個住在鄉下的親族供奉的牌位上，只提到祖先的名諱，沒有提到「天地國親師」或「天地君親師」。但在城裡陸家老宅的祖宗牌位上，就把「天地國親師」幾個大字放在中央。城市在中國往往是政治統制的網路與樞紐，莫非這三個陸氏親族家神位的差異，也正反映了這種社會控制的城鄉差異。這得待有心人蒐集更完整的資料，才能有較明確的答案。

李澤厚先生在他的《論語今讀》中，提出用「天地國親師」取代「天地君親師」的主張。但李先生認爲「國」應該是一種文化的、鄉土的代表，而不是硬梆梆的現代國家機器。這種主張雖然減弱了政治控制的軌跡，但若將「天地國親師」放在祖宗牌位上，總是有些不倫不類。

雖然，從社會學的角度看，將「天地國親師」或「天地君親師」放在祖宗牌位上，有其理論上的正當性，但是，祖宗牌位終究是用來祭祀祖先的。「非其鬼而祭之，諂也。」更何況除了被排在倒數第二位的「親」，其他四個項目都不是「鬼」。更有甚者，對許多中壯年的祭祀者而言，「師」還多健在。死人與活人一起拜，當然是不倫不類。「親」雖可解釋成過世的親人，但過世的親人在牌位上本來就是重頭，再列出來一次其實是多餘。

若有機會改，「天地國親師」或「天地君親師」這幾個字，應從祖宗牌位上退位。

戰爭與和平

台海風雲詭譎，山雨欲來的蛛絲馬跡處處可見。日本與美國在港口、機場等各項軍事準備上，逐漸上緊發條。美國把設在日本領土上的空軍基地，向中國大陸本土大幅推進，在亞洲部署的航空母艦增加了一艘。在台灣橫山指揮所外租用了大片的土地（租期九十九年），把原先像圖書館一樣的在台協會搬遷到這個新基地。基地由美國自己僱人建造。在中美斷交之後，第一次，有穿著軍服的美國現役軍人直接進駐。

可能受到這種氛圍的鼓勵，日本的右翼分子蠢蠢欲動，在東海的資源開發、釣魚台主權、歷史教課書的篡改、參拜靖國神社等敏感問題上，氣燄愈來愈囂張。最近（在美國鼓勵下）日本更宣稱要爭取加入聯合國的安理會。一方面對過去所犯的侵略錯誤矢口否認，另一方面要插手國際和平的重要決策單位，終於引起亞洲國家，尤其是中國與南韓人民的憤怒。反日的示威遊行在這兩個國家，如星火燎原般，一發不可收拾。

這時處於暴風眼的台灣在做些什麼呢？好消息是台灣島內各政治團體之間的內鬥似乎有減溫的趨勢。立委選舉不如預期的民進黨，忙著與親民黨談和解。從而在兩岸關係的底線上，先是稍有鬆動讓步的跡象，可是進一步退一步的戲碼在中共通過「反分裂法」之後，立即上演。換言之，台灣當局的決定在兩岸和平進程上原地踏步，或甚至更進一步緊縮。另一方面，用重金去遊說美國政府對中國更強硬些。雖然對美的軍購案被在野黨一再杯葛，但台灣當局以軍事手段處理兩岸問題的用意，無論是美國所慫恿或出於自願，似乎是昭然若揭。

另外，還有一些緬懷被殖民歲月的台灣人，以擁抱日本為自我存在的必要，參拜靖國神社，贊成修改歷史教科書，歌頌日本人對台灣原住民的屠殺。所作所為，只要是能證明自己不是中國人，與中國人為敵，似乎沒有什麼不可以。

好在台灣眞是多元的自由社會，在這許多將台灣推向戰爭邊緣的勢力作用下，在野黨與民間的重量級企業主，開始出手找尋和平的新可能性。這裡不可以說沒有中共操作的痕跡，例如若沒有特殊的理由，許文龍眞會說這麼露骨的話去支持中共嗎？當然頗值得懷疑。另外，為何中共與在野的泛藍陣營接觸變得如此頻繁，而且大多是黨政高層對在野黨領袖的主動邀約，中共主動出擊的跡象很明顯。

在這些兩岸和解的破冰之旅中，台灣在野黨的泛藍陣營的積極角色，中共的主動出擊，台灣企業主的呼應，自然不免都有他們的政治與利益計算，但看起來似乎中共當道對和平的企望比美日台的當權者都要主動些，台灣民間企望和平解決兩岸問題的，似乎也有增長的趨勢。正當中共的努力，使兩岸緊張略有和緩時，美國突然強硬地攻擊「反分裂法」……面對這些令人目不暇給的政治戲碼，我們需要的是對抗政治的道德力量，只是這道德力量會將兩岸帶向戰爭還是和平，似乎仍在未定之天。

歷史記憶

前一陣子，中韓民衆針對日本政府同意採用竄改侵略亞洲國家歷史的教科書、首相參拜供有一級戰犯的靖國神社等行徑，所進行的一連串示威活動，終於在日本首相首度公開表示，對二次大戰日本對亞洲鄰國所造成的傷害道歉之後，獲得降溫。可是，日本隨即表示中韓教科書仇日的內容太多，導致人民仇日。

中韓的教科書是不是有扭曲歷史，是一個可待公評的問題。然而，若認爲中韓人民仇日，只是受到教科書所影響，似乎是太一廂情願。只要二次大戰親身經歷或親眼目睹日軍暴行的人還活著，這些人不可能不對其子女述說當時的慘境，何須等到學校教育的灌輸？

現代國家誕生之後，配合著印刷與其他宣傳技術的進步，以及強制性的學校教育，國家機器可以在很多議題上，上下其手，操縱人民的集體記憶，使人民增加國家認同，效忠國家。日本政府與知識分子對這種操作顯然十分熟悉，所以對去除歷史課本中侵略亞洲國家的史實如此熱中，又對亞洲國的歷史課本怎麼寫日本對他們的侵略這麼在意。

可惜的是，急於要去檢查他國教科書的日本學者忽略了，若要等到大部分直接目睹日軍罪行，身受其害的一代，以及受到父母耳濡目染的一代，全部從地球上消失，人們一切都得仰賴書本，來記憶二次大戰這段悲慘的歷史，大概還得再等上五、六十年。但若看遠一點，要在人們完全得仰賴書本上的訊息，去認識二次大戰的史實之前，製造有效的扭曲，現在其實正是時候。因爲戰後第三代現在正在接受學校教育。即使家先輩的生活經驗或仍有影響，但當戰後第四代第五代的學生再使用這些課本的時候，一切都將會變得那麼自然。

這讓我想起幾年前，猶太人在美國首都華盛頓所建的二次大戰紀念館開幕，去看過的台灣同學，都不禁感染了其中所傳達的悲情，迴盪不已。去參觀過的人，大家都不能不深切反省，二次大戰人類在歐洲所犯下的錯誤。

差不多就在那時期左右，日本送給美國首都一整座櫻花園。從此，華府的櫻花季與華府的榮枯一同呼吸。當人們享受櫻花之美的同時，人類二次大戰在亞洲所犯下的錯誤有多少人能記得呢？反省自然就更不用說了。日本專家（包括日本人和非日本人），還創造一種似是而非的理論，說日本侵略殖民過的地區後來經濟發展都不錯，可見日本殖民的貢獻。卻忘了日本之所以侵略這些地區，正是因爲這些地區有經濟發展的價値，如此建立殖民與被殖民的剝削關係才有利可圖。若不是這些地區本身的價値，而純是日本經營的貢獻，日本沖繩島的經濟爲何發展不起來？

看完了日本籍教科書編輯抹殺歷史記憶的精確拿捏，動人的櫻花外交，與牢不可破的「殖民貢獻論」，我們不禁要問：何時亞洲人才能將二次大戰人類在亞洲所犯的錯誤，有效地記錄傳播，提供下一代子孫反省改進的機會？

多元的和平

兩岸政府對政府的和談，雖然是許多人的期待，但是主要的路障似乎都指向對兩個各自表述不能讓步。中共方面說：只要是承認九二共識的都歡迎來談。九二共識就國民黨的詮釋是「一中各表」，也就是兩岸都承認是中國人，只是中國如何定義可以各說各話。台灣以中華民國憲法去定義中國，大陸則可以有他們自己的想法，只是在所有事務性的會談上，可以先不急著去解決兩岸的歧見。但以陳水扁爲首的台灣當權派，不承認有所謂的九二共識存在。台灣當局雖不承認有九二共識，但有時候會說有「九二精神」或「九二會談的成果」。在最近傳言中讓宋楚瑜所傳話的底線，是願意在「九二會談的成果」上重啓對話。講穿了，也就是台灣當權派，要在九二會談到底談了些什麼上，爭取「各自表述」。

若說兩岸完全沒有共同的目標，似乎也不全是事實。例如兩岸無論是當權的或是在野的，其實都主張和平。可惜的是對和平的底線，卻免不了又要各自表述一番。對和平的各自表述，簡單的說就是「不獨不武」與「不武不獨」。只要台灣不獨立，中共就不動武，叫「不獨不武」。反之台灣所主張的「不武不獨」是說，只要中共不以武力解決台灣問題，台灣就不會宣布獨立。最近中共的「反分裂法」，其實已將「不獨不武」擴張爲「若獨必武」。反觀台灣，當權派在進行島內權力鬥爭之餘，獨派以切香腸的方式，爲台灣獨立作好一切準備的努力，似乎從未止歇。當台灣政壇，台上台下大張旗鼓地在做那些「『可以做』不可以說」的事時，難怪在各方都在宣稱為兩岸和平努力的同時，兩岸與美日都在積極備戰。

法國哲學家拉分納斯（E. Levinas）在他的名著《整體與無限》中提到：「戰爭不宣誓外在性，不宣誓將他人當作他人；戰爭是對相同這樣的認同的摧毀。」他又在全書結論中提到，「多元的合一〈unity〉，而不是將構成多元性的成素變成一致（coherence），是和平。」和平必定是「我的和平，在關係上從我開始，在渴望與善（goodness）中再由我到他人（other），其間我一方面仍維持著（獨立人格），另一方面又可以在沒有自我中心（egoism）的狀態下存在。」換言之，眞正的和平不應期待彼此相同，或抹平差異，而是期待沒有自我中心的多元共存。而戰爭卻肯定會將很多既存的「相同」摧毀。

歷史的現實會把兩岸這齣劇推向何方？誰也無法預料，但對戰爭與和平一些理論的思維，或許可以增加對和平（或戰爭）如何可能，增加一些想像的空間。拉分納斯的哲思，只是理論反思維的一個小例子。若和平眞是兩岸的共同願望，這些想像空間，或許可以為兩岸增加和平的機會。

平等與貧窮

追求社會平等是近代人類社會的理想，可是對平等過頭所可能造成的後果，談論的卻比較少。若看一看中國人口史的發展，平等過頭導致的是人口激增與全民均貧。這就是孫中山先生在民國初年，所提到的：中國主要的問題不是不均，而是窮。這並不表示民國初年以前，所有中國人所享有的經濟與社會資源已大致一樣，而是以一個文明或一個國家而言，中國社會資源的分配平均的程度，起碼不輸當時其他大部分的文明或國家。但是現代國家誕生前，中國大多數人所擁有的資源，卻比當時許多先進國家的人民少很多。這當然部分可歸咎於當時列強對中國的侵略與瓜分，但若檢討其內在的原因，社會分配過度平均，很可能是讓許多中國人，在現代國家誕生前，極度貧窮的罪魁之一。

西方古典經濟學家，發展出一個以人口爲主要生產要素的理論模型。我們可以用一個兩向度的座標來表達這一理論，座標的橫軸（或俗稱X軸）可以用來代表一個國家或相對獨立的文明體的人口總量，座標的縱軸（或俗稱Y軸）可以用來代表產値。然後我們可以從座標的原點畫兩條線，一條是與橫軸有固定夾角的直線，另一條是通過原點的弧線。

那一條直線可以用來代表生產的人力成本。這個成本是由每個人能滿足最基本的維生條件，所需消耗的產出來定義。基於每個人的基本所需大致類似的原則，隨著人口增加，所需要用來養活所有人的成本自然呈直線上揚。在生產技術相對穩定下，那條通過原點的弧線，代表隨著人口增加所產生的產値變化。若我們運用新古典經濟學邊際產出遞減的原則，這條弧線一開始的斜率較大，這時，每多增加一個人，所帶來的總產値增加，會大於前一個增加的人所帶來的產値增加。若生產技術不變，當人口的投入增加到一個程度，每多增加一個人所能增加的產値，會比前一個增加的人減少。

如此一來，若持續增加人口而不改變生產技術，最後，在某一固定的人口數量下，弧線所對應的縱軸値，會低於直線所對應的縱軸値；換言之，生產的總產値將不足以應付所有的人的基本維生需要。經濟學家對此有不同的說法。

馬爾薩斯認爲這時會發生饑荒與戰爭，直到人口減少到生產技術所能承擔的範圍。邊際效用學派則認爲，若市場是健全的，且人是理性的，人口的增加，應會在邊際生產等於人力成本——也就是，每多增加一個人，所能增加的產値，等於人力成本——的時候，停下來。投入更多的成本，既沒有利潤，又把成本也賠進去，投入越多賠得也越多，不是理性行動者可能去做的事。可是，反觀人類文明史，這兩種說法都不夠周延。因爲這兩種說法都忽略了分配的社會機制。

馬爾薩斯的說法，似乎隱含著一個信史上鮮有記載的共產社會，所有人得到一樣多的產出成果，所以才會讓人口多到變成所有人的危機。在現實社會中，因爲有分配不均存在，窮人的饑荒總會比富人早降臨，不會等到總生產小於總人力成本時才發生。

若馬爾薩斯的人口與生產模型過度強調平等的可能性，邊際效用學派的模型就太迷信健全的市場與理性的市場投資者。不幸的是，觀諸人類的歷史，健全的市場機制，直到現代社會還是經濟學家企圖去鼓吹的理想，更別說古代社會了。

眞實社會能養多少人，除了生產力之外，分配的機制其實是一個不可被忽視的關鍵。生產力與人力成本決定了在每一個人口總數下的生產剩餘有多少，但是當生產力固定，一個生產剩餘高度集中在少數人手中的社會，所能夠養活的人，將少於生產剩餘分配較平均的社會。「朱門酒肉臭，路有凍死骨」正是唐朝詩人杜甫筆下所捕捉到的，這種因分配不均所產生的部分後果。以此邏輯類推，若社會分配平均一些，朱門酒肉少臭一些，路上凍死骨也少一些，同樣的生產力，能養活的人就多一些。

誠如法國年鑑學派大師布賀岱所言：不平等是社會最久遠的結構之一。所以，文明與文明之間，朝代與朝代之間可以比較的，不是有沒有不平等，而是不平等的程度。若依據上文的理論，當人口複製的文化與制度不變，人口成長會隨社會平等增加而增加。以中國爲例，宋明的社會平等較前朝要好，根據人口史的資料顯示，中國人口明顯的持續增加，就從宋朝開始。當社會生產力不變，人口持續增加，社會上貧窮的人也就越來越多。

但關鍵是，爲什麼生產力不會增加呢？馬爾薩斯認爲促成生產力上升的因素，不在他的模型之內，是外生的（exogenous）。近代一位女人口學家包塞蘿普（Boserup），就挑戰馬爾薩斯的模型，認爲科技的進步（也就是生產力的進步）與人口成長的相關很高。人口越多，生產力越進步。生產力越進步，人口就越多。

近年許多人口學家爭相提出新模型，企圖去解消馬氏與包氏模型所造成的不一致。

我認爲，關鍵應仍在對剩餘的分配上。當生產的剩餘（也就是總產出與總成本之間的差）掌握在少數人手上，雖然奢侈揮霍的現象會較常見，但同時，也往往比較有可能進行對提升生產力所需要的再投資。反之，若剩餘大部分被分配出去養更多的人，奢侈揮霍的現象少了，在生產力成長上所需的投資自然也就減少，從而阻礙生產力上升的機會。如此會導致社會上實質所得下降，貧窮的機會上升。

以有限的中國人口史的資料看，若我們以工資當作實質所得的指標，在宋朝以前，人口越多，實質的工資所得也越多，反之，人口越少，實質的工資所得就越少。這比較像包塞蘿普理論所預期的。反之，在宋明之際，中國人口呈螺旋狀持續增加，實質工資與人口之間的關係，就與宋之前所見的關係相反，比較像馬爾薩斯模型所預測的。

總之，從理論與社會事實來看，若只論平等而忘了發展，有可能導致的是均貧的社會。現代之前的中國，就是最好的例子。

附錄

《啓蒙辯證》摘要

——兼談哈伯瑪斯的誤解[1]

《啓蒙辯證》一書是法蘭克福學派第一代兩位核心人物：霍克海默與阿多諾所合寫的歷史哲學上的重要作品。有趣的是法蘭克學派當代最重要的傳人之一哈伯瑪斯對這本書所作的批評所據以立論處，依原文看來竟然是十分的不恰當。本文試著摘要《啓蒙辯證》的要點，與哈氏的批評，並記下哈氏問題如何在原書中解消。

西方啓蒙運動相信：以知識作爲工具，可以讓人類由神話與對自然的恐懼中解放出來；人類的歷史是一部解放（進步）史，現代西方的發展便是這部解放史的高峰。霍克海默與阿多諾卻認爲，啓蒙運動所揭示的理想，雖然深植於希臘羅馬與基督教傳統中，但是卻自相矛盾地將人類社會帶向一野蠻的境域。啓蒙本企望人類透過理性，將自己由對自然的恐懼中解放，但卻像荷馬所重構的史詩《奧迪賽》一樣，以自由交換了對自然符的宰制。於是，「自由解放」之旅變成「保存自我」的掙扎。自我保存雖然意圖在宰制自然，但正如奧迪賽王子面對自然魔法的策略一樣，宰制自然的企圖落實下來，卻變成對自己與對同伴的宰制，以及對自然的（人的，也是環境的）扭曲欺騙。馬克思以生產力（包括知識）的進步爲綱，指出人類有記載的歷史爲一生產關係（階級）鬥爭史。而階級壓迫之深、鬥爭之烈，又以現代資本主義社會爲最。

霍阿兩人在《啓蒙辯證》中對資本主義社會的評價，比傳統馬克思主義更基進。馬克思仍然相信啓蒙所相信的：人類社會可完美性，而正如霍阿兩人指出的，這種可完美性的信仰，是建立在人類能對自然有效宰制（例如馬克思所謂生產力能長足進步）的基設上的。然而，霍阿兩人卻相信，人對人的宰制，正導源於這對自然宰制的企圖。這種企圖使人類的歷史變成一部宰制史。有限的人類無法眞正無止境地宰制自然，而是在自我保存的過程中宰制同類、破壞自然。若眞有「進步」，也只是宰制（對自然、對人、對自己）的有效性與規模在增加。近代啓蒙哲學家相信理性化能將人類由神話中解放出來，這其實建構了一個更難以解構的神話：人可以有普遍的知識（科學知識）、普遍的宗教（基督教）、普遍的價値（資本主義市場）……。若普遍便是神，這個神話便是：人可以是神。雖然霍阿兩人沒有辦法指出非神話化（啓蒙的原意）如何可能，但卻對自大的人類指出：人不是神，神是無限而無名的，人是有限又企圖以名相掌握無限的。因此，宣稱普遍的知識、宗教與價値都不可能是普遍的。「普遍」的神話，在西方的脈絡下，來自對自然宰制的企圖。人們相信這些普遍性是可能的，因爲在高度發展的宰制狀態下，宰制與人是高度異化的。人們相信這些知識、宗教、價値是普遍的，因爲人們由這體系本身的邏輯已不需要反省爲什麼宰制，甚至也弄不清什麼在宰制。若這一切眞能達到自我保存的目標，也就罷了，可怕的是二次大戰納粹法西斯對猶太人的無情屠殺，已呈現此一發展路向上自我保存功能的破產。二次大戰期間反猶太若眞如霍阿兩人所說，是宰制所導生的票面思維（ticket thinking ——按：指人們只被動地整套地接受權力結構所產生的現實，不依個體的判斷對現實作反省。換言之，是純粹爲權力所生之不被反省的普遍服務，不顧對特殊具體存有的不正義。）所造成的，則爲自我保存而生的宰制，可能就不是爲保存任何人，而是爲盲目遂行宰制或病態的摹仿動機的目的，而違反了一大群人自我保存的要求。以特例可以否定全稱的邏輯看來，「宰制是爲自我保存」的全稱命題已被否定。人類在這宰制自然的旅程中所尋得的，是與最初恐懼類似的「非」自我保存。猶太人的命運正是人類在此旅程中的寫照：「文明是社會對自然的勝利，此一勝果將一切轉爲純自然。」（《啓蒙辯證》英譯本〔以下簡稱：DE〕頁186）。社會不只變成自然，更成爲恐懼的一部份。事實上社會的「發展」更加深了這種恐懼，因爲，照這個宰制自然的路向走下去，霍阿兩人預期：要不是人與人彼此將對方撕爲碎片，就是人最後將地球上所有動植物都拉下來陪葬（DE，頁224）。

本文暫不論哈伯瑪斯自己如何論啓蒙，只由哈伯瑪斯一九八五年（一九九〇年英譯）《現代性的哲學論域十二講》（*Der philosophische Diskurs der Moderne: Zwölf Vorlesungen*）中〈神話與啓蒙的糾葛：霍克海默與阿多諾〉（以下簡稱〈糾葛〉）對《啓蒙辯證》一書的批評，看他如何曲解霍阿兩人對啓蒙的反省。本文希望由此一曲解的反面去彰顯《啓蒙辯證》一些重要關鍵。

哈伯瑪斯對《啓蒙辯證》有兩個主要的批評：一是《啓蒙辯證》對啓蒙的批判方式有行動表現的矛盾；二是《啓蒙辯證》的批判本身的無方向性。

哈伯瑪斯認爲：

> 霍克海默與阿多諾感念意識型態批判的基礎動搖了……，所以他們將啓蒙對神話所做的應用在整個啓蒙的過程。一旦批判卯上作爲批判自身有效性基礎的理性時，便

成爲整體的批判。（〈糾葛〉，頁118-119）

「意識型態批判」是哈伯瑪斯認爲《啓蒙辯證》所進行之批判的前身。哈氏認爲「意識型態批判」想藉理性（知識）將有效性（validity）與權力區分開來。這種區分便是意識型態批判的主題。馬克思主義歷史唯物論對資本主義社會的批判，便是典型的意識型態批判。而《啓蒙辯證》卻作了第二層的反省，認爲意識型態批判所仰賴的理性本身，也應該接受反省。從這一個「批判卯上作爲批判自身有效性基礎」的判斷，哈氏指出：《啓蒙辯證》所開出的對工具理性——目的理性取消了有效性與權力的區分——的批判本身，產生了笛卡兒專家亨烯咖（J. Hintikka）所謂的「行動表現的矛盾」（performative contradiction）——一個人一方面說所有理性批判的基礎都已消失，又要宣稱自己正在作有理性基礎的批判，便犯了這行動表現的矛盾。

哈伯瑪斯證成《啓蒙辯証》的無方向性，是在與尼采對比的意義下說的：尼采《道德系譜學》是批判啓蒙批判基礎的典範，因此也是《啓蒙辯證》對啓蒙批判的典範。「尼采彰示一個人如何將批判整體化；但是最終他發現的是有效性與權力可恥的融合。這融合對尼采而言是可恥的，因爲它阻礙了藝術產能（artistic productivity）所暗示的權力意志的光輝。與尼采的對比顯示整體的批判本身沒有方向性。」（〈糾葛〉，頁120）由這樣的句子，我們只能揣測：整體性的批判所解放的，是「藝術產能所暗示的權力意志的光輝」，而藝術產能本身是無方向性的。

本文暫不論哈伯瑪斯由尼采論《啓蒙辯證》之無方向性是否恰當，而僅扣住《啓蒙辯證》

的原文，找尋與這兩個批評相應的部分，指出哈伯馬斯〈糾葛〉一文的誤解。

順著哈氏的理路，我們遇到的第一個論題是：「意識型態批判藉理性將有效性與權力區分開來」。這是一個哈氏自己立出的非歷史的或超歷史的定義。這可以與《啓蒙辯證》有關，也可以與它無關。《啓蒙辯證》是對歷史作一判斷，但卻不是一極端的相對主義或懷疑主義，因此也有「非歷史或超歷史」的立基點。我們暫且不論《啓蒙辯證》歷史判斷的立基點是不是由意識型態批判出發，我們已可知道若不加其他命題輔助，哈氏這一定義在對歷史所作的判斷上是空的。因此，哈氏這第一個論題只能爲我們討論「《啓蒙辯証》非歷史或超歷史的基礎是否恰當」作準備。這本不打緊。但是哈氏往後的曲解，卻與這一他硬加在《啓蒙辯證》上的理論起點密切相關。

哈氏的第二個論題指出：「霍克海默與阿多諾感念意識型態批判的基礎動搖了」（〈糾葛〉，頁118）。這一論題可以是歷史的，也可以是超歷史的。若這只是一歷史判斷，可以說是：理性的歷史表現出了問題。因此不是理性有問題，而是在歷史上被當作「理性」的東西（如市場、實證主義科學、爲無顯著目的服務的工具理性……等等）出了問題。而若這是一超歷史的判斷，則這一主張便可立即導出哈氏所謂的「批判卯上作爲批判自身有效性基礎的理性」。換言之，若這種動搖是超歷史的，那麼《啓蒙辯證》書內即使作了歷史判斷，也已對哈氏而言無關宏旨，注定要犯「行動表現的矛盾」。然而，由哈氏用以導出這一論題的引文，可以讓我們找出一些哈氏所依以立論的脈絡，在《啓蒙辯證》裡的原意。哈氏用以證明他們認爲意識型態批判動搖是這樣的：

即使多年來我們已經覺察到，應用科學工作中的偉大發現，是以理論教化的不斷衰退爲代價的，但是我們還是認爲，我們對科學活動的貢獻可以限制在對專門科目的批判與擴張上。無論如何，在論題上我們還想保持傳統學科：社會學、心理學與認識論。然而這冊書所整合的片段顯示，我們必須被迫放棄這種信念。（〈糾葛〉，頁118。DE, xi）

哈伯瑪斯主張：這段文字隱含霍阿兩人認爲生產力與生產關係形成一種牢不可破的共生，因而不再能作爲意識型態批判的基礎（〈糾葛〉，頁118）。這一主張顯示，哈氏認爲意識型態批判的基礎是生產力的發展、與「由生產力解釋生產關係」的歷史唯物論策略。如果歷史唯物論的正統路向是「理性」批判的充要條件，我們仍可以認爲這是一超歷史的判斷，從而可以導出哈氏「行動表現矛盾」的結論。由《啓蒙辯證》的內容看來，該書的確不只放棄了與傳統學科內部邏輯的妥協（你很難將它歸於任一單一的學科），在他們對「宰制自然」這一歷史路向的批判裡，更否定了以生產力發展作爲歷史理論的依憑。因爲，生產力發展本身便是宰制自然這一歷史路向上的典型。但是，這並不足以證明他們沒有發展出另一判斷基礎。換言之，哈氏無法由這段文字證明歷史唯物論的正統路向是「理性」批判的充要條件，霍阿兩人由這段文字或在書中其他段落也都沒有承認他們相信此一充要條件。更重要的是，我們可以依進一步的證據，重新詮釋哈氏所引的這段文字，指出其歷史判斷的企圖。

首先，霍氏早在他〈傳統與批判理論〉一文中就指出，其心目中恰當的理論思維（與傳統理論不同）必指向一歷史存有判斷（頁239）。所以這段話可以解釋成：《啓蒙辯證》中所修正的，只是與傳統學科分化妥協的策略，而所欲保存的，則是恰當的歷史存有判斷。《啓蒙辯證》的內文也更進一步支持了這個解釋。例如在哈氏所引的同一段，霍阿兩人進一步解釋他們放棄與傳統學科妥協的原因，是要在自我摧毀的「世界史結果」成爲事實之前，扭轉乾坤（DE, xii）。換言之，恰當的歷史存有判斷是用以避免自我摧毀的。依此看來，即使我們接受：指出「意識型態批判的基礎動搖了」是霍阿兩人《啓蒙辯證》的出發點，這只是說曾被用作理性基礎以區分權力與有效性的東西（如：歷史唯物論所謂的生產力的發展），動搖了。至此我們可以確定霍阿兩人並不企圖卯上作爲批判基礎的「理性」本身。至此，論者頂多只可能質疑：在否定了以宰制爲走向的理性之後，霍阿兩人是否提出了令人接受的恰當替代品。換言之，由此我們已可看出，在邏輯上，若哈氏果眞認爲《啓蒙辯證》所批評的是「理性」本身，而不是啓蒙所據以爲「理性基礎」的歷史選擇，則哈氏批評《啓蒙辯證》「卯上作爲批判自身有效性基礎的理性」的此一論斷便是無的放矢。哈氏的論點若能限定爲：質疑《啓蒙辯證》是否在批評啓蒙的理性基礎時，所仰賴的是與啓蒙相同的理性基礎，則哈氏的問題便變成了上面所說的「霍阿兩人是否提出了令人接受的恰當替代品？」的一個特殊問法。即便哈氏的批評可被如此詮釋，「行動表現的矛盾」這一批評若要成立，不只要指出沒有不同於啓蒙的理性基礎被提出，而且還得證明他們賴以批判啓蒙的基礎與啓蒙所仰賴的是相同的理性。

可惜哈氏並沒有提出這樣的證據，只是一口咬定《啓蒙辯證》是在作一「整體批判」，因此是以尼采道德系譜學所作的批判爲典範的②，也因此是無方向的。本文前面指出，哈氏這裡所謂尼采無方向性的整體批判，是指尼采欲解放的「藝術產能所暗示的權力意志光輝」是無方向性的。爲使論題單純化，本文暫且不論哈氏對尼采的詮釋是否恰當，也不論以尼采作爲《啓蒙辯證》的典範是否合理，只針對哈氏批評的具體內容做反省：首先，《啓蒙辯證》對啓蒙的批判是否與啓蒙仰賴同樣的理性原則？其次，《啓蒙辯證》是否對所謂的「方向」有所明示？

《啓蒙辯證》一書對啓蒙的批評，並沒有完全依照思想發生的順序作嚴格的鋪排，但是他們所批評的對象在概念上卻十分清晰，那就是：以宰制爲走向的文明發展路向。所以與其說霍阿兩人想用理性來將有效性與權力作區分，不如說他們想用理性來防止危害自由的發展。在具體檢討他們所仰賴的理性基礎之前，我們已可以據此確認：霍阿兩人是想用一有別於哈伯瑪斯的量尺，來衡量何謂「理性」，換言之，意識型態批判所欲做的「有效性與權力」的區分，被「是否被宰制」的問題所取代了。傳統馬克思主義歷史理論所預設的「生產力發展」，依他們看來，已經在不同的歷史階段成爲「宰制」的幫凶，因此在避免被宰制的標的下，不再是歷史批判的恰當基礎。

此時在歷史批判中雖然還是有「眞理」的問題，但眞理問題的具體答案只能是負面限制意義的答案；這就是所謂「貞定的否定」（determinate negativity, cf., DE，頁24）。因爲人是有限的存有，所以任何人所作的肯定的名相之稱，一定不可能是絕對普遍的。換言之，任何有限的人聲稱掌握了絕對普遍，或宣稱一有限的名相等同於無限的存有，不可能絕不出問題。但是他們既反對佛教視一切爲虛空，也反對泛神論視一切爲實有。他們所確認的只是一古猶太教無名的絕對（DE，頁23-24）。「貞定的否定」在歷史上的具相化是一辯證的過程③，在書中霍阿兩人比喻這一過程是「諸相的書寫」，而書寫所呈現的錯誤是呈現在行間，有待被去除權力，以彰顯貞理的。雖然他們這一論述與黑格爾精神現象學中所謂絕對精神的辯證神似，但他們卻認爲，黑氏所肯定的絕對精神的自覺，也已違背了「貞定的否定」原則，而落入了另一個神話。（DE，頁24）④

在這樣的立場下，甚麼是「理性」呢？反省就是「理性的生命」（the life of reason）。反省是意識投射時的自我（ego）。自我則是主客調和下的具體產物（DE，頁189）。這時，理性的成素將不只是智識性（intellectual）的控制，更有情意（affective）上的自覺。人類社會將個人智識與情意生活分化，再因經濟上的必要性使人的情感與思想分內外（DE，頁188）。一旦智識與情意分化，智識性的控制便有可能泯滅或扭曲情意，而出現病態的投射，亦即病態的自我。當外在與內在的思想與感情（feelings）分化之後，外在便有可能控制內在，這是一種異化的扭曲。霍阿兩人在《啓蒙辯證》一書中對如何分判這些扭曲與病態並沒有精細的疏解，自認這層功夫得再待來者努力（DE，頁188）。但《啓蒙辯證》一書卻善用例證與寓言來呈現這種病態與扭曲。本文不重複這些例證，只想指出對霍阿兩人而言，自我的構造已肯定主客共生的個體存有，此時「是否被宰制」的問題可在兩方面作反省：第一層是智性是否泯滅情意，這是人人可行的自我功夫。若越出《啓蒙辯證》論述的軌跡，就此我們可以推出，這功夫是有高低可言的。第二層是：社會經濟所造就的外在世界是否走向對個體世界的宰制與扭曲，這一反省是對當下社會歷史走向的自覺。此一自覺是在肯定自我的主動性下，去限定社會名相的無限性或宰制性的。這時自我的主動性並不必然是孤零零的原子，自我的主動是積極地肯定眞存實感的情意連結，如此便不會「把內在世界與外在世界混淆，將最親近的經驗定義爲敵對。」（DE，頁187）若這原則可被掌握，則一方面像反猶太主義之類由「整體」否定個體的迫害的不合理處，便可當下現形；另一方面，以「否定對自我主動性的戕害」爲量尺，我們雖無法具體地勾勒出社會未來的理想（終極）圖像，但卻可爲限制宰制的擴張在現存的社會上著力。這兩層反省是「貞定的否定」的一個表現，也就是一眞理的表現（DE，頁194）。由此可知這一表現雖投向外，卻是不假外求的。

這樣的理性與不論情意只論控制的理性不同。如此，我們頂多只能詰問他們所建構的啓蒙系譜是否可能有別的版本或別的詮釋，卻不能說他們犯了「行動表現矛盾」。我們只能說他們反對具體名相的執著與物化時，欠缺規畫未來的具體內容，卻不能說他們對歷史的批判是無方向性的，本文可以書中一段表現他們由「貞定的否定」這一路所開出的悲如雙蘊的方向性作結：

> 對情境變得更好的希望——如果這不只是一幻象——不在於：這些情境被保證能持久與終極，而是在於：不對堅實地植基在普遍痛苦中的任何可能表示尊重。（DE，頁225）

注釋

①本文原是研究生時代的一份筆記，曾在一份同仁刊物《爿報》上與少數幾位同道分享。（後改寫發表於《當代》一五七期，一九九九年七月）。篇名也改爲：《啓蒙辯證》與哈伯瑪斯的批判）

②哈伯瑪斯對有尼采主義嫌疑的後結構主義理論都不假辭色，其主要的批評之一便是「行動表現矛盾」（見〈糾葛〉）。歐洲近代思想史家馬丁·傑（Martin Jay）對此一披判有一文作全面的反省，但其反省所及並未詳論《啓蒙辯證》與此一批評的關係。（"The debate over performative contradiction: Habermas versus the poststructuralists" in Axel Honneth, Thomas McCarthy, Claus Offe, and Albrecht Wellmer eds. *Philosophical Interventions in the Unfinished Project of Enlightenment.* Cambridge, Massachusetts: MIT Press, 1992, Pp. 261-279.）

③霍阿兩人當然不會不知道卡爾·巴伯（Karl Popper）將「辯證」等同於「非理性」的批評（"What is Dialectic?" Conjectures and Refutations, London, 1962），但阿多諾的反擊是：「如果一個人犯了把非理性與辯證混爲一談的毛病，他便盲目地無法看到事實上對非矛盾邏輯的批判並不能阻止（非理性）而是反映了（非理性）。」（The Positivist Dispute in German Sociology, trans. Glyn Adey and David Frisby, London, 1976, p.26）

④在《啓蒙辯證》書中，霍阿兩人對黑格爾的討論並不完整。霍克海默可能一直有計畫要（拉著馬庫色或阿多諾）對黑格爾作系統性的批判（參見本期《當代》孫善豪〈霍克海默：一位猶疑的左翼知識分子〉）。這並沒有在霍克海默手上完成，阿多諾的《否定辯證》（*Negative Dialectics*, trans. E.B. Ashton, New York, 1973）很可能是這一計畫的延續。對阿多諾這一努力的批評可參見*Hegel,s Dialectic and Its Criticism*, Cambridge, Mass., 1982, Pp. 160f.

未完成的交響曲

——〈跨越階級界限〉研究的未來

編按：〈跨越階級界限〉一文完整篇名為〈跨越階級界限？兼論「黑手變頭家」的實證研究結果與歐美社會之一些比較〉。許嘉猶、黃毅志合著，發表於《台灣社會學刊》第廿七期，2002:1-59。

〈跨越階級界限〉是一篇可喜之作。許嘉猶老師由早期對台灣地位取得模型的經驗研究，到近期的台灣社會階級分析，數十年間累積了可佩的成果，成爲國內社會階層與社會流動研究重要的基石之一。黃毅志先生則是階層研究的新秀。兩人合作的〈跨越階級界限〉（下文簡稱〈跨限〉）掌握住階級分析的新發展，融合國內的質化研究成果，對代內階級流動提出可貴的經驗資料與概念分析。筆者有幸，爲該文審稿人之一。在本文刊登之際，編輯委員會師長先進認爲筆者審稿評論中，有些閒話對日後的研究或有相干，進一步要求將我評論文字同步刊出。雖自忖淺陋，但面對編輯委員會對學術討論信念的堅持，仍決定在此野人獻曝，就教方家。

一、未完成的比較

〈跨限〉一文的可能貢獻之一是指出台灣代間階級流動可滲性與Wright 及其同僚所研究的西方國家不同。可惜這一比較尚未完成。

首先，〈跨限〉的經驗模型與Wright 及其同僚用來作國際比較的模型，在分類上有差異。

〈跨限〉將專業與半專業合併又將男性與女性合併，理由是樣本不足（參見〈跨限〉一文註①）。但讀者若翻閱 Western and Wright（1994），會發現他們所用的瑞典與挪威親代的專業（去除半專業之後）幾乎沒有任何觀察值。一個完整的比較，在確認分類的可比較性之後，應更進一步將Western and Wright（1994）文中所提供的流動表與台灣的流動表合併找出理論與經驗上的最適模型①。是否應將專業與半專業合併應在多國的流動表中作分析。或許此一比較可以證明，某些合併在經驗上不只適用於台灣。

其次，Wright及其同僚對階級可滲性的研究一直是在國際比較的範疇下討論。因此，在經驗證據上，作者也可以在合併的國際流動表上證明台灣的階級可滲性確有不同。更重要的是Western and Wright對各國階級可滲性之所以不同提出理論性的預測(例如，資本家主導的程度)並將之運作化爲可檢驗的假設。在進行比較研究時，作者可以不同意Wright的理論，但更應對台灣爲何與其他國家在階級可滲性上（相同或）不同提出理論性的假設，並依此提出經驗檢證。

二、未完成的理論建構

〈跨限〉理論上未完成的部分，簡而言之，落在兩個時間的面向。一個是社會變遷的時間，一個是代間與代內流動所體現的生命歷程。

Wright 階級研究國際比較的重要基礎之一，是基於對已開發國家資本主義生產關係的相似性（Wright 1997: 182-3）。理論上，台灣的階級研究如何在資本主義生產關係發展的光譜上定位，是測量與預測台灣階級界線模態的前提②。這個定位，可以借用西方現有的理論架構，也可以自行發展或修正既存的階級理論架構。〈跨限〉一文現在主要採用前一個策略，但〈跨限〉一文的經驗結論卻引導未來的研究向第二個策略移動。

〈跨限〉一文在代間流動的概念化上，基本採用Western and Wright（1994）的理論主線。首先以產業、專業、權威定義階級結構的三個面向，假設一與假設二對代間流動可滲性提出兩種排序方式，一個歸諸Bourdieu，另一個歸諸新馬克思主義。除開資料與模型可能的問題，〈跨限〉的經驗研究結果，基本上完全否定了新馬克思主義，也部分否定了Bourdieu的理論預期。如果我們相信〈跨限〉一文的結論，未來台灣「階級分析」的理論性挑戰，是找出在何種社會生產條件下，台灣會比美國與北歐更適用Bourdieu「在『先進資本主義社會』裡，文化資本才是有價值的資源分配之最主要基礎」（〈跨限〉p.12）這樣的階級條件？又在何種社會生產條件下，產權的界線會比權威的界線更弱（參見〈跨限〉親代到子代現階的結論）？

〈跨限〉對代內流動的討論自我意識到未來對理論發展的必要。但代內流動文獻現有的理論資源，〈跨限〉並沒有充分運用。〈跨限〉雖然仍採用Western and Wright（1994）代間流動所用的階級結構定義，在代內研究結果的預測與說明上引用了國內先前的研究（孫清山與黃毅志1997，1995；許嘉猷1994a，1994b；熊瑞梅與黃毅志1992；謝國雄1989a，1989b，1997）。可惜的是〈跨限〉對代內流動的討論完全忽略了Wright對階級暫時性（temporality）的理論與經驗研究（Wright and Shin 1988; Wright 1989; Wright 1997; Wright 2001）。對Wright階級分析而言，暫時性的階級位置應該是以客觀結構爲主的「關係核心進路」（relational-centered approach）。所以，階級分析是一種結構的理論。另一種進路是「揹客核心的進路」（agent-centered approach），重視階級軌跡的過程式理論。對「關係核心進路」而言，階級「體現了現在中未來的可能」（an embodiment of the possible futures in the present）。對「捐客核心進路」而言，階級「體現了現在中的過去」（an embodiment of the past in the present）。Wright 及其同僚的經驗研究指出，對階級利益而言，階級位置比階級軌跡（class trajectory）重要（Wright and Shin 1988）。

三、未完成的樂章

代內研究可以說是對階級軌跡的探討。階級軌跡是否如Wright 所言，沒有比階級位置重要，可能需要更多的經驗證據。但相信未來作者在對代內階級可滲性進行理論反思的時候，應不會不處理Wright 對階級暫時性的討論。在處理階級暫時性的問題時，除了可以回答階級位置重要，還是階級軌跡重要之外，更應該交代階級位置起源、階級軌跡，以及目前階級位置之間的邏輯與機率關係，讓我們對階級流動有較全面的認識。例如，在何種邏輯關係下，我們會看到〈跨限〉一文結論所主張的：

親代到子代初階可滲性的排序：專業＜產權＜權威
親代到子代現階可滲性的排序：專業＜權威＜產權
子代初階到現階可滲性的排序：專業＜產權＜權威

最需要說明的是爲何親代到子代初階，與子代初階到子代現階，權威的可滲性都大於產權的可滲性，但親代到子代現階，卻變成產權的可滲性大於權威的可滲性？若我們仔細閱讀〈跨限〉一文所提供的統計檢定，以下的排序比較能精確地反映該文的經驗證據③：

親代到子代初階可滲性的排序：專業？產權？權威

親代到子代現階可滲性的排序：專業＜產權，（權威？專業，權威？產權）

子代初階到現階可滲性的排序：專業＜（產權？=0權威）④

換言之，〈跨限〉原文所見到產權與權威可滲性間難解的邏輯關係，其實是因爲產權與權威的可滲性在統計上不顯著所造成。另外，當我們將統計檢定納入考量，會發現〈跨限〉的樣本顯示台灣的階級可滲性程度可大致區分爲專業與非專業兩類。專業可滲性程度小於非專業的可滲性。此一可滲性的差異，不是在親代到子代第一個階級位置之間，而是在子代的第一個階級位置到目前的階級位置之間所形成的。到底是甚麼機制，在子代初階到子代現階之間，讓專業與非專業的可滲性程度產生差異？則是有待塡補的未完成樂句。⑤

瑕不掩瑜。最可喜的是〈跨限〉不是一篇孤立的作品，而是國內師長先進一系列研究的成果，誠心希望以上的討論，能對這一系列研究的未來產生一些助益。最後，如何跳開新馬克思主義的框架⑥，以台灣社會爲主體，將未來的研究由兩個向度時間的奏鳴曲解放爲更多向度時間的交響樂，則是筆者願最後提出，與讀者共同去面對的挑戰。

——刊載於《台灣社會學刊》第廿七期〈批評與回應〉，二〇〇二年六月

注釋

①爲討論六類或七類何者在經驗上較優越，研究者可用7×7的流動表再加上對參數的限制（Bishop et al. 1975: 47; Clogg and Shihadeh 1994: 31-34），不是直接比較7×7與6×6流動表的獨立模型（參見〈跨越階級界限〉一文註②），因此，不會有類別數不同的問題。類似的策略也可用在性別的分類上。格內樣本太小的問題，若有理論模型作指引，只要作爲基礎模型的充分邊際分配樣本數（sufficient marginal total）有五至十個樣本點，模型之間的比較就不成問題（Agresti 1990: 250；參見Lu and Wong 1998）。附錄一，筆者以代內流動爲例，說明7×7可能導致與6×6的流動表不同的模型選擇。至於將台灣資料與歐美資料合併之後的模型選擇是否會再出現變化，因爲沒有男性的流動表，目前無法檢驗。

②這是假設研究者以Wright 廣義的「階級分析」作爲研究範疇（Wright, forthcoming）。淺而易見的，任何研究者都可以選擇使用或不使用「階級分析」。

③「?」指兩階級界線的可滲性不顯著。「A? B? C」指A、B、C三者中任意二者都不顯著。換言之，「A? B? C」與「A? B，B? C，A? C」完全相同。

④上標「=0」指該階級的可滲性參數在統計上與零沒有差異。

⑤〈跨限〉的模型不容許我們討論生命歷程的一些重要階段如何影響子代初階到子代現階可滲性的改變。未來若資料與模型許可，我們可以進一步探討生命歷程中的重要事件對可滲性變化的影響（例如：婚姻與再就學；參見，Lu and Chang 1999），並注意這些事件是否在階級可滲性上會對男性與女性發生不同的影響。若資料許可，未來另一個可以做的是用7×7×7的流動表，將親代→子代現階→子代初階放在同一個模型去估計。由於〈跨限〉對缺失值的控制缺少直接的數據，無法知道以上所

討論的排序差異，是否（或有多少）是流動表中缺失值不同所造成。

⑥Wright 從不諱言階級分析所特有的實在論（realism）立場（Wright et al. 1992），但Bourdieu 則說他：「想要自實在論者對階級的定義逃離。」（Bourdieu 1990: 50）Wright 對階級可滲性所提出的研究假設，用他自己的理論框架將Bourdieu 定位。如何放下Wright 的框架，在對台灣的社會階級與社會流動作經驗研究時，直接回應Bourdieu 社會空間與Class Habitus 的理論反省，則是另一個有待來日面對的議題（cf, Bourdieu 1984, 1990, 1991）。

參考書目

孫清山和黃毅志，1997，〈台灣階級結構：流動表與網絡表的分析〉。頁57-101，收錄於張苙雲、呂玉瑕、王甫昌主編，《九〇年代的台灣社會：社會變遷基本調查研究系列二》。

許嘉猷編，1994a，《階級結構與階級意識比較研究論文集》。台北：中央研究院歐美所。

許嘉猷，1994b，〈階級結構的分類。定位與估計：台灣與美國實證研究之比較〉。頁21-72。收錄於許嘉猷編，《階級結構與階級意識比較研究論文集》。台北：中研院歐美所。

熊瑞梅和黃毅志，1992，〈社會資源與小資本階級〉。《中國社會學刊》16：107-138。

謝國雄，1989a，〈黑手變頭家——台灣製造業中的階級流動〉。《台灣社會研究季刊》2（2）：11-54。

謝國雄，1989b，〈外包制度——比較歷史的回顧〉。《台灣社會研究季刊》2（1）：29-69。

謝國雄，1997，《純勞動：台灣勞動體制緒論》。台北：中央研究院社會學研究所。

Agresti, A., 1990, *Categorical Data Analysis.* New York: John Wiley.

Bishop, Y.M.M., S. E. Fienberg , and P. W. Holland, 1975, ***Discrete Multivariate Analysis: Theory and Practice.*** Cambridge, MA: MIT Press.

Bourdieu, Pierre, 1984, ***Distinction: A Social Critique of the Judgemenht of Taste,*** translated by Richard Nice. Cambridge, Massachusetts: Harvard University Press.

Bourdieu, Pierre, 1990, ***In Other Words: Essays Towards a Reflexive Sociology,*** translated by Matthew Adamson. Stanford, California: Stanford University Press.

Bourdieu, Pierre, 1991, ***Language and Symbolic Power,*** edited and introduced by John B. Thompson, and translated by Gino Raymond and Matthew Adamson. Stanford, California: Stanford University Press.

Clogg, Clifford C., and Edward S. Shihadeh, 1994, ***Statistical Models for Ordinal Variables.*** London: Sage Publications.

Lu, Hsien-Hen, and Huey-Chi Chang, 1999, "Do Husbands Matter? -- Consequences of Educational Assortative Mating on Married Women's Social Economic Ranking in Taiwan,"***Mimeo***, presented at the conference of Research Committee on Social Stratification of the International Sociology Association in Madison, Wisconsin, August 1999.

Lu, Hsien-Hen, and Raymond Sin-Kwok Wong, 1998, "Cohort Trends in Educational and Ethnic Intermarriage of Taiwan," in International Sociological Association Research Committee 28 – Social Stratification（ed.）*Proceedings*（*1*）*: Conference on Social Stratification and Mobility:* ***Newly Industrializing Economics Compared,*** Pp. 431-461. Taipei: Institute of Sociology, Academia Sinica.

Western, Mark and Erik Olin Wright, 1994, "The Permeability of Class Boundaries to Intergenerational Mobility: A Comparative Study of the United States, Canada, Norway and Sweden," ***American Sociological Review,*** 59（4）: 606-629.

Wright, Erik Olin, 1989, 'Rethinking, Once Again, The Concept of Class Structure." Pp. 269-348 in Erik Olin Wright, Uwe Becker, Johanna

Brenner, Michael Burawoy, Val Burris, Guglielmo Carchedi, Gordon Marshall, Peter Meiksins, David Rose, Arthur Stinchcombe, Phillipe van Parijs. 1989. ***The Debate on Classes.*** London: Verso.

Wright, Erik Olin, 1997, ***Class Counts: Comparative Studies in Class Analysis.*** London: Verso.

Wright, Erik Olin, 2001, "Foundations of Class Analysis in the Marxist Tradition" ***Mimeo,*** University of Wisconsin-Madison（http://www.ssc.wisc.edu/~wright/Found-c1.PDF）.

Wright, Erik Olin（ed.）, forthcoming, ***Alternative Foundations of Class Analysis.*** with contributions by Erik Olin Wright, Richard Breen, David Grusky, Loic Wacquant, Aage Sorensen, and Jan Pakulski.

Wright, Erik Olin, and Kwang-Yeong Shin, 1988, "Temporality and Class Analysis: A Comparative Analysis of Class Structure, Class Trajectory and Class Conciousness in Sweden and the United States," ***Sociological Theory***（Spring）: 58-84.

Wright, Erik Olin, Andrew Levine and Elliott Sober, 1992, ***Reconstructing Marxism: Essays on Explanation and the Theory of History.*** London: Verso.

附表一

	G^2	df	P	BIC
1 Taiwan Model 1 (Collapse 7*7）	856.3	38	0	597.8
2a Taiwan Model 2 (Collapse 7*7）	163.5	37	0	-88.6
2b Taiwan Model 2 (no Collapse 7*7）	153.9	35	0	-84.3
3a Taiwan Model 3 (Collapse 7*7）	92.2	32	0	-125.5
3b Wright Baseline (comparable to Taiwan Model 3 no Collapse 7*7）	83.9	29	0	-113.4
4a Taiwan Model 4 (Collapse 7*7）	113.7	34	0	-117.6
4b Taiwan Model 4 (no collapse 7*7）	72.3	32	0	-145.4
5a Wright Model 1 (3b+prpoerty+authority+prof Collapse 7*7）	73.9	29	0	-123.4
5b Wright Model 1 (3b+prpoerty3b+prpoerty+authority+prof no Collapse 7*7）	24.8	26	0.53	-152.1

Calculation based on Model 5b.（N=901）		
Parameters	b	S.E.
Property	-1.056	(.305)
Authority	-0.547	(.165)
Prof	-1.825	(.249)

兒啊！你在那裡？

陸媽媽

先恆！兒啊！媽媽的寶貝！

整整十天了，我再沒有聽到你「媽媽！媽媽！」的呼聲。

最近幾週，我習慣一睜開眼，就向窗外望去，總會看你和美珍，坐在後陽台上，那張綠色圓桌子旁，難得見到你們那麼清閒地，沐著晨風，一人握著杯飲料，偶爾還能聽到美珍的笑聲，我知道，等你們喝完東西，就要到附近的運動場去練郭林氣功了。那些早晨多麼的美好；可是，整整十天了，爲什麼看不到你？兒啊！你在哪裡？我樓上樓下的找，電腦依然開著，桌前的椅子上，爲什麼看不到你碩大的身影？兒啊！你在哪裡？

七月十八日的凌晨，媽媽送你上車，你只是暫時離家，和過去那樣，去密西根州，接受氣功治療，媽媽等著你，早日平安歸來！

七天前，彷彿經歷了一場可怕的夢境，我竟然聽到了那麼殘酷的呼聲：「……媽媽！先恆過去了……」美珍在電話那頭，哽哽咽咽地述說，接著，是一片悲痛欲絕的飲泣……。

「……過去了？」啊？不！不！那不是眞的！剎那間，天崩地裂，五內如煎；天啊！那不是眞的，老天怎麼可以那樣殘忍？

我清晰記得，自你呱呱墜地，就是個健康的小嬰兒，胖嘟嘟的臉蛋，是那麼紅紅潤潤，半歲不到，你就是個人見人愛的小天使，成天呵呵地，總是笑個不停。怎麼只一眨眼間，竟全成了夢境？我的寶貝兒呀！你在哪裡？

媽媽下班回來，你搖搖擺擺地衝過來。伸出雙白白胖胖的小手臂，那麼緊緊地，摟住我，小腦袋昂得高高的，跳著、嚷著：「媽抱！媽抱！」兒啊！你在哪裡？讓媽媽好好地抱抱你。

哦！天啊！這一定不是眞的！我怎麼會在大庭廣眾之中，任淚水像湧泉般地，流個不停？

好在有貞元孫女的張羅，和美珍的大哥協助下，我才能順利地趕到你身邊，我已記不清，是如何上飛機？下飛機？又是怎麼來到密西根州，那家陌生的社區醫院。

在一間陰暗的病房中，我終於看到了你，和往常一樣，你只是安安靜靜地，躺在那裡。

「兒啊！兒啊！」媽媽一聲聲地呼喚，爲什麼你不回應？爲什麼你不回應？

還像嬰兒時期那樣，睡得多麼安詳？微微上揚的嘴角，仍帶著幾分兒時的笑意。

「兒啊！醒醒！醒醒啊！」這，一點也不像你，你從來不會不理人，你應該聽得到媽媽在叫你呀？難道那是眞的？我怎麼能夠相信呢？你們夫妻情深，女兒們又那麼聰明、伶俐，你愛她們，遠遠勝過你自己；何況你從小就很孝順，你不會丟下媽媽吧？兒呀！你在哪裡？

環顧身邊的人，個個都在哭泣；只有你，睡得那麼安寧。哦！老天呀！你不會那樣殘酷吧！怎麼狠得下心，硬奪走我的寶貝？不！不！這不是眞的！你還那麼年輕，事業才剛起步，老天眞要索命，讓古稀老娘替你。兒啊！醒醒！醒醒啊！別跟媽媽開這種玩笑！媽媽承受不了啊！

記得那年，你還不滿五歲，媽媽忽然高燒病倒，只有你，寸步不離地，守在媽身邊，不但會給我送茶送水，還會搬張小板凳，將冰箱裡的便當，放進電鍋裡，蒸熱後，才輕輕把我叫醒，兒啊！小小年紀的你，就會那麼貼心。你當然不忍棄古稀老母於不顧，一定有千千萬萬的不得已。是媽的命太苦，不配擁有你這麼優秀的孩子；是媽積福不深，無餘蔭庇護你。可憐的兒啊，都是媽媽連累了你，害你英年早逝，壯志難伸。兒啊！你在哪裡？媽媽好想、好想你！

六月底自台返美，發現你日漸消瘦的身體，媽媽心疼得天天偷偷地哭泣，恨自己不能替你，只能眼睜睜地，看著你受苦，媽媽整顆心，像掉進了熱油鍋裡；也許你看出了我心底的痛楚，強忍住病魔的磨折，還常常咧開嘴，望著我憨笑，甚至插上了氧氣管，你還不斷比畫著手勢，希望我能笑，兒啊！我終於懂了，你一定已知道來日無多，怕媽媽承受不了，怕媽媽太過傷心，所以希望媽能笑。媽媽終於懂了，兒啊！你在哪裡？讓媽媽向你笑笑，天啊！若能讓我兒再回來，我一定天天大笑。可是，我可愛的寶貝兒啊！你在哪裡？在哪裡呀？

過去，無論你是高中住校，還是到東海念研究所、或服兵役，甚至遠渡重洋修博士，無論你到哪裡，媽媽總會趕來探望你，相信不久，我們母子就將相會；雖然，我一向不信鬼神，爲了你，兒啊！媽媽多麼渴望，眞有另一個世界。在那裡，永不再有疾病、痛苦，和任何煩惱與紛爭；媽媽多麼渴望，在另一個世界中，媽媽眞能再找到你，告訴媽媽，兒呀！你在哪裡？

老天只給了你四十四年，你卻做了別人八十歲也未必做得完的學問。你是那麼努力，分分秒秒都不捨得歇息，兒啊！你太累了，是上蒼讓你休息。

自從兩年前，你不幸罹患了那可怕的癌症，多少至親好友、師長、同學，乃至朋友的朋友，大家都那麼關心你，或搭飛機，或開幾十個小時的車程，由四面八方，不辭勞苦地，紛紛趕來探望你，給你加油、打氣。這是多麼難能可貴的情誼，媽媽替你高興，你能獲得這份關愛，媽媽眞的很欣慰。

尤其是遠在台灣的好朋友們，竟然自動地爲你組成了個那麼隆重的追思會，到場的，除了你那些最要好的同窗好友們，更驚動了愛護你的師長和看著你長大的長輩們。兒啊！大家都那麼捨不得你，媽媽眞的爲你感到安慰；你將永遠活在我們大家的心裡。

安息吧！兒啊！你太累了，帶著濃濃的愛，和所有的祝福，好好睡個大覺；別爲媽媽操心，我會照顧好自己。其實媽這一生，遭遇過多少風暴磨折，媽媽依然堅強地活著，兒啊！放心地安息吧！知道嗎？你的小女兒叫我「Mountain」奶奶哩！別爲媽擔心，我一定會照顧好我自己。只要你不再痛苦，媽一定帶著微笑來探望你。

兒啊！告訴媽媽：你在那裡？你在那裡？

媽媽泣書于愛兒頭七
乙酉年癸未月壬子日
民國九十四年七月廿七日

懷念先恆——My Student and Beloved Friend

蔡淑玲

那是一九八三年的秋天，我剛從威斯康辛回來，被社科所同事陳寬政教授找去東海大學開課，開了一門「社會階層與社會流動」的專題討論。我班上的學生只有五個人，其中有博士班一年級的張維安，以及碩士班一年級的陸先恆。到現在還清楚記得他們經常爲我排隊，買回台北的車票，並陪伴我到公路局車站等國光號回家。記得有一次，上課上到Michael Sobel的流動模型，下課後在車站等車時，先恆跟我說，那個Sobel的東西好難懂喔！然而，多年以後，先恆成爲Michael Sobel在哥倫比亞大學的同事，而且還「won a major career award for junior faculties from CDC」。這二十多年來，他的成長、他的努力，可以說是一篇感人熱淚的勵志文章，應該被記錄下來，被永遠懷念。

就我了解，先恆是一個相當勇敢的理想主義者。記得當他拿到碩士學位後，曾經和美珍一起到我家來，和我討論應該到哪裡攻讀博士學位。當時他有幾個選擇，幾經考量後，他決定去威斯康辛，去念那些他覺得「好難懂」的東西。他的決定，令我覺得欣慰，也非常感佩，因爲當時他的這個決定，事實上是在放棄一些現成的、較簡單的路，而走上一條比較辛苦、比較艱難的學術之路。

一九九二年，我回到威斯康辛進修一年。當我們重逢時，他高興的告訴我已經一一克服了那些預期中與預期外的困難，在麥迪遜安頓下來了。在那一年裡，我們有許多機會可以一起聊天，分享彼此的雄心大志，而且還一起上了許多專題討論的課，好像是同學一樣。那是我非常快樂的一年，除了和先恆發展出朋友一般的感情外，也認識了許多新的年輕朋友。這些朋友，今天大都在座。我想，先恆會覺得非常欣慰，幸好有你們這些同窗好友一路相伴，直到今天。

在麥迪遜時，大家都叫我Shu-Ling，先恆也跟著叫我名字，不再叫我蔡老師了。他說：「稱呼老師不如叫名字來得親近。」然而，在二〇〇五年的最後一封e-mail裡，他寫著：Dear Shu-Ling my teacher...。這一聲my teacher，讀來令人心酸，想到他在前一封「恭賀新年」的信裡寫著：I am back full time and turn on my tenure clock again. I am not sure if I can live to see the end of the project I proposed to do, but I will do my best. 先恆在預告著即將到來的生離死別，而我只能在大太陽下，失神落魄地在校園裡走來走去，不知該如何是好。二〇〇五年，令人心碎的一年。

先恆，你可知道這些年來，你每年寄給我一張「恭賀新年」的照片，讓我得以「目睹」你與家人的近況，見證你們的成長與努力，分享你們的快樂與憂傷，這件事對我有多麼的重要嗎？有次看到照片上美珍與兩個女兒的燦爛笑容，我跟你說：「先恆，你有『三』個年輕、漂亮的女兒，眞是幸福的家庭。」你回答說：「謝謝，我的家庭的確幸福，是她們的愛與支持讓我可以do my best。」

先恆，我想你也一定知道，除了家人外，你還有許多喜愛你、尊敬你的朋友。你的離去雖然讓我們感到傷心，但這不代表我們的分離；你並沒有走遠，而是走進我們的心裡面，讓我們永遠地懷念著你。再見了，先恆，我摯愛的好學生與好朋友。

二〇〇五年七月三十日

Comments at service for Hsien-Hen

Professor Larry Bumpass

I am thankful to have had Hsien-Hen Lu as a student and I am honored to take part in this service remembering him. Hsien-Hen was born Aug 3, 1961 to Meng-Chin Chang and Chen-Hsing Lu, the younger brother of Hsien-Ming.

The scholar I came to know was already blossoming when he entered college at age 18. He aspired to become a lawyer, but was soon captivated by sociology as he was eager to understand the world around him and to help the lives of others. He received his BA four years later, then after another period of study, a Master of Law degree. The quality of his mind was already clear, as his Master's thesis on *World System and Capitalism* was published as a book in 1988.

Of course he had other interests, including Tai Chi -- and Mei-Chen -- whom he persuaded to take Tai Chi lessons with him as a masterful strategy for their becoming acquainted. They married in 1986.

His commitment to pursuing his academic interests led him to enroll in graduate study in Sociology at the University of Wisconsin. Despite uncertain funding, he boldly came with his wife and one-year old daughter Chen-Yuan. Here, their second daughter Jenny was born while

Mei-Chen was working on her own dissertation. Hence, it seems appropriate that his PhD dissertation was on the employment of mothers with infants.

It was during these 10 years that I had the privilege of becoming his major professor. Let me share my first experience with him as research assistant on my project. I gave him some computer code that I had written, as I often do with new students so they can become familiar with the data and with how I am analyzing it. He came back to my office, much sooner than I expected, with many insightful questions about my research -- and with a few very polite suggestions about how I might correct errors he found in my code. I knew then that he would be an excellent research assistant.

Over the years he made the transition from student to colleague, as the best students do. While he was completing his dissertation, we wrote a paper together on cohabitation and the stability of children's family lives. This paper was published in a major journal and has been very widely cited -- indeed it has become something of a classic. Hence, the name Hsien-Hen Lu is well-known among scholars.

After graduation, he took a position at Columbia University as a Research Scientist at the National Center on Poverty, and a year later assumed a tenure-track position in the Department of Socio-medical Sciences. In addition, he recently received a very prestigious grant from the National Institutes of Health that provided a high level of support for his study of asthma and children.

He and I talked often as we continued to work together on an extension of our project on children's family lives. Even as he struggled with his illness over the last 2 years, indeed even in the last few months, he worked eagerly to advance this analysis. He will be, of course, a coauthor on the paper that is eventually published.

I have thought of him frequently and will continue to do so. His contributions are essential to my continuing research. But most of all, I will miss the warm smile that I saw so often in my office.

We will all miss this wonderful man greatly, but as the biographical sketch in the program concludes, he would wish that we smile as we remember him -- in celebration of life, and of all that he brought to it.

★Larry Bumpass is a professor of Department of Sociology at the University of Wisconsin-Madison, USA.

Hsien-Hen Lu

Kurt Bauman
Education and Social Stratification Branch
Population Division
U.S. Census Bureau

Hsein-Hen Lu was a great man. He was better than me in every way I can conceive. He was smarter, more able to focus, harder working, more considerate, better with people, better read, and more determined.

What I admired about him most of all was his determination. The types of career setbacks that made me give up and retreat did not defeat him. You might say he believed in himself, but that wasn't really it. He was a different sort of person. He felt it was his duty to press on. It was in his bones. He just wouldn't give up.

Lu had already published a book on world systems theory before he came to graduate school at Wisconsin. He wasn't planning to concentrate in theory, but like all new students, he had to take the core sociological theory course, and he and I were in the class together.

He told me he was getting a barely passing grade in the class. It turned out his command of English was almost as bad as the Chinese ability of the professors who never read his book.

So he asked me to help him clean up the English in the term paper he wrote for the course. I still remember sitting with him while he rejected almost every change I proposed because it shifted the meaning he had in mind. When he couldn't explain to me, in his halting spoken English, what he had put down in his even-worse written English, he insisted that those nonsense sentences had to stay on the page, just as they were. He was stubborn.

I don't remember the paper in detail, but I remember my impression. It was a nuanced and insightful discussion of the meaning of time in the Marxian system. A beautiful piece of work, really. But even so, he just got a mediocre grade in that class. It was frustrating and humiliating, but he kept on going on.

Lu always kept going on. He was determined and practical. He wanted to make something of his life, building it step by step. He had come to Wisconsin to leave theory behind for quantitative research because he saw that as the way to build himself a place of respect in his field.

He started with just a little knowledge of quantitative methods, but he learned, and kept learning and came to the point that he knew more about the math and methods than I did. And the same way, by perseverance, he got to the threshold of gaining his measure of respect and establishing his voice.

The paper he wrote as a graduate student with Larry Bumpass on cohabitation and children is one of the leading papers ever published on the subject. I just tried this. Type in the word "cohabitation" on Google Scholar, and the paper that appears with the greatest number of citations is Larry Bumpass and Hsien-Hen Lu's paper on cohabitation and children. Yet, like many of us coming out of graduate school at the time, he did not immediately find a tenure track position in sociology. He didn't find secure funding for his research until after his cancer was diagnosed, and his work on children and poverty was just beginning to win recognition when it all came to an end.

Now it's over. He is gone.

What can explain a great man being stopped in his tracks at this particular moment? Why was the world robbed of his brilliance and genius just as it was starting to open up for all to see? Why, of all people, was Hsien-Hen Lu taken from us?

If I were a religious person, this would truly be a test of faith. Like an earthquake, a volcano, a useless war ... the taking of Hsien-Hen Lu in his prime is a disgusting and awful thing that makes me feel that the possibility of meaning in life is far, far away.

Lu spent much of his last year or two exploring the meaning of life and death. He asked me to explain my philosophy of life as a non-believer, and he talked to his friends and relations about their Buddhist, Christian and traditional Chinese beliefs.

Lu's life exemplified some of the basic teachings of Buddhism, like,

"The greatest pride in life is recovering from failures." He always knew how to recover from failure. "The greatest bankruptcy in life is hopelessness." Even in the end, he never lost hope.

When his doctors finally said there is nothing more they could do for him, he said he would need a miracle. Miracles are things that Christians believe can come to pass. And though it may not seem so, he did receive one, even if it wasn't the one he was looking for. He received not the miracle of life, but of hope, which made the pain of cancer a little more bearable. That he was able to keep hope to the end was one of the few points of consolation we can hold onto, now that he is gone.

Traditional Chinese religion -- Confucianism -- emphasizes considerate, polite behavior, respect for rituals of life, and honor of ones ancestors and forebears. It finds salvation in interacting and leaving your mark with the living, breathing people around you, and in the larger society in which you find yourself.

Although Hsien-Hen Lu didn't make the mark he really wanted, he left a deep, deep impression on many people. His legacy is not only in his book, his academic papers and his newspaper column. His mind ranged far beyond those things that were set down on paper. We who knew him will not forget him. We cannot forget him.

One of the most difficult concepts that sociologists have tried to describe is honor. Honor is something you bring upon yourself by your actions, it is something you give to others by your consideration, and is one of the great motivators of humans everywhere. Hsien-Hen Lu brought honor to his family by living in a way that was both daring and deeply considerate of others. He honored his friends and his colleagues with graciousness, intelligence and with the respect and loyalty he always gave to us. He honored the world, and brought honor to the world with a life lived fully, tenaciously and without reservation.

His legacy lives in all of us. But of course it lives most in his family. Whatever they do, wherever they go, they will not, they cannot escape that legacy. In spite of themselves, his beauty will always live in them.

I will love them as I did him. I love you Lu.

Thank you very much.

Eulogy for Hsien-Hen

Neil Bennett
The Graduate Center, City University of New York, Professor, Sociology; Baruch College, Professor, Public Affairs

Hsien-Hen was surely taken away from this world much too soon. When someone departs at such an early age, we ask why and we cannot find answers. The disease from which he died usually befalls those whose behavior might offer an explanation, but that was not the case here. Hsien-Hen's death was simply one of those random events that highlights our fallibility in predicting our future and confounds our efforts to determine our own destiny.

I met Hsien-Hen when I interviewed him for the research position he ultimately held at Columbia. He presented a chapter from his dissertation and I was struck by the cleverness of his approach. I immediately reacted, "I like the way this guy thinks." In talking with him, I recognized an extremely subtle and sharp mind, and an appealing and self-effacing personality. The position was not an ideal match for him, as a good part of it would consist simply of descriptive analyses of child poverty. I thought of Hsien-Hen as an intellectual thoroughbred -- a result of both his natural abilities and his superb training under leaders of the field, such as Larry Bumpass and Alberto Palloni -- and so I felt guilty that I couldn't allow him full reign over his intellectual curiosity, letting his mind go where he desired it to go. Yet he managed to carve out time to engage the creative and powerful skills he possessed.

Hsien-Hen was always rather formal with me, perhaps insecure of his status, but just as much due to the wall I tend to put up as I maintain my privacy. He'd thank me often for this or for that, but for someone so smart, it's striking that he got it so wrong. I was the one who owed him thanks -- and did thank him, but perhaps not as often as I should have. Hsien-Hen gave enormously of his time when asked and didn't complain. I relied on him for much and he gave as much as was asked of him. Although technically one might say that I was one of his mentors, it was actually I who was privileged and learned so much from him; I surely got the better end of the deal.

Anyone who worked with Hsien-Hen realized that he was a dazzling intellectual force and benefited from a fertile imagination, as he explored various aspects of the life course, from cohabitation to mortality, and important issues surrounding poverty. He was an extraordinarily hard worker, and was the rare scholar who had a deep understanding of both social theory and statistical methodology. Yes, he was a demographer who contributed important articles in prominent journals. And yes, he received a highly prized three-year, full-time grant from the Centers for Disease Control to carry out his work on asthma and low birth weight.

But, remarkably enough, on top of all his academic obligations, he managed to write a column for the Hong Kong newspaper, Ming Pao, every other week like clockwork during his two years of illness, right through to his last days. The column was entitled "Sparkling Inspiration," and addressed, among other things, the role of religion in a range of matters regarding life and death, including a philosophical perspective of how to lead a happy life. Hsien-Hen's niece, Wendy, would read his columns and feel his words speak to her. And in that vein, efforts are underway to compile the 50 or so columns into a book, translated into English, so that Emily and Jenny -- indeed, all of us -- may continue to hear their father speak to them.

That Hsien-Hen left behind a legacy of superb, meticulously executed research is apparent when one reads his work. Whatever the task, he would be satisfied with nothing less than doing the job right. But more importantly, with Mei-Chen, his thoroughly devoted wife, he produced two wonderful and gifted children, Jenny and Emily. You were a source of a quiet, but profound, pride. Your intelligence and talent and goodness were nothing he would brag about, but would be learned of in a more casual fashion. Jenny, you were the best medicine for your dad in his last months, coming home from school, bursting through the door with a smile on your face and a skip in your step. And Emily, as you mentioned at your recent recital, your dad may have been a taskmaster, sternly, figuratively holding your fingers to the keyboard, but he knew you had a great prowess at the piano that just needed to be unleashed.

Hsien-Hen was a man of great integrity, a brilliant scholar, a friend, and a loving father and husband. He was a "sparkling inspiration."

Hsien-Hen

Hsien-Hen ' s niece

Today I choose to concentrate on what Yitsang taught me and influenced me in, rather than what I remember about him. So I will only give a few highlights of my memories of him.

I remember the time when I fell rollerblading. He picked me up and rushed me to the emergency room. And I was not light; in fact, I weighed more than I do now.

I remember the time when I asked him to be my Tai Chi teacher. I grew up watching him practice Tai Chi, taking slow and sturdy steps. I thought it was the coolest thing.

I remember the time when I told him that I was thinking about going into medicine -- he threw a book by Foucault (a social philosopher) at me. I was younger and more ignorant about the world and the concept of power. I didn't know what it was, but I remember thinking that it was important.

Did you know that you were my hero? I learned so much from you by example, and by the things that you said to me.

You were always so compassionate toward your world. You were sensitive to the relationships to people and things around you, whether they were personal or conceptual (or in the abstract).

Did you know that you took a large part in my decision to be in grad school, to become an academic as you were?

You taught me to be responsible and thoughtful about what I could contribute to my field. You taught the importance of realizing one's cultural identity, as now my identity as a Chinese American, an Asian American is central in my work.

You taught me to have confidence, to be an independent thinker, to not be afraid to make my own stance, and to be strong and relational at once.

Most of all, you taught me work ethic. You taught me that work should be done with care and thoughtfulness, and that work and play are essentially inseparable. I want to do joy in learning just as you did.

I miss you and hate to see you go. But I want you to know that I will continue to stay close and get closer to your family, especially your two beloved daughters, Emily and Jenny. I will continue to be close to you through reading and writing about your words.

You will always be in my heart and on my mind every time I think about my place in life, in society, in this world.

I love you.

Yistang

哈德遜河畔失去了一位思考者　思考者留下了文字

文學叢書 165

哈德遜書稿

作　　者　陸先恆
總 編 輯　初安民
責任編輯　丁名慶
美術編輯　陳文德　張薰芳
校　　對　吳美滿　丁名慶　胡美珍　陸先銘

發 行 人　張書銘
出　　版　INK印刻出版有限公司
台北縣中和市中正路800號13樓之3
電話：02-22281626
傳真：02-22281598
e-mail:ink.book@msa.hinet.net
網　　址　舒讀網http://www.sudu.cc

法律顧問　漢廷法律事務所
劉大正律師
總 代 理　展智文化事業股份有限公司
電話：02-22533362・22535856
傳真：02-22518350
郵政劃撥　19000691 成陽出版股份有限公司
印　　刷　海王印刷事業股份有限公司

出版日期　2007年9月　初版
ISBN　978-986-7108-56-2

定價　240元

國家圖書館出版品預行編目資料

哈德遜書稿／陸先恆 著.－－初版，
－－臺北縣中和市：INK印刻，
2007〔民96〕面；　公分（文學叢書；165）

ISBN 978-986-7108-56-2（平裝）

078　　95010962